白色蒸氣裊裊升起。
打造成獅頭造型的出水口，將乳白色的熱泉注滿了浴池，形形色色的花瓣和香草則是漂浮在水面上頭。
「…………」
浴池裡的愛麗絲，將手放在胸口上。
從那對甚至被燐以欽羨的口吻評為「早熟」的飽滿胸脯傳來的，是連她自己都感到不可思議的高速跳動的心跳。
「怦怦、怦怦」的聲響一次又一次地傳來。
不僅沒有放慢的跡象，甚至還變得更為劇烈了。
「啊——真是的！這樣一點也不好！看來有必要轉換心情呢！」

這是妳與我的最後戰場，
或是開創世界的聖戰 1

the War ends the world /
raises the world

Alt hiz orza et yulis bis mihas xel, the laspha et delis fel mihas xel cs.
這傷痕累累的世界已不存在英雄和救世主。

Sera……So Sez lu teo fel nalis pah pheno lef xel.
是以我將化為魔女消滅帝國。

So aves cal pile.
上天之杖啊，交與吾手。

Kadokawa Fantastic Novels

Prologue　「兩個國家的最終戰力」

「妳投降吧。」

「你該投降了。」

四周是閃耀著白色光芒的寒氣——

在映入眼簾的樹海和大地全數遭受冰封的世界之中，手握著劍的少年與身披華麗王袍(禮服)的少女同聲說道。

「……帝國的劍士，你不妨報上名來？」

「伊思卡。」

緊握著劍的少年快速回答。

他有著黑褐色的頭髮，以及自幼苦練所鍛鍊出來的精悍體格。雖然五官樣貌還不太能稱為成熟，但架著一雙對劍——黑鋼與白鋼之劍的他所展露的眼神，確實是散發著宛如出鞘刀刃般的凌厲光芒。

「妳是誰？」

Prologue 「兩個國家的最終戰力」

「愛麗絲莉潔・露・涅比利斯九世。你應該已經發現到了吧？被帝國稱為『冰禍魔女』的星靈使，就是本小姐喲。」

少女佇於巨大的水晶上頭。

雖說以青金石綴飾的頭紗藏住了她的臉龐，但響徹樹海的嗓聲是那麼威風而通透，感覺得出她是一名器宇軒昂的少女。

而再一次地——

「你只憑一個人，就把涅比利斯的星靈部隊打得毫無還手之力？」

「妳就這麼孤身一人摧毀了帝國的兵器動力爐？」

少年和少女同時對彼此開口道。

「……沒錯。」

先點頭做出回應的是少年劍士。

在少年的後方，綁著一群被添加了防彈裝甲材質的繩索捆住的士兵。

每一名士兵都是被一擊——以極為駭人的精度與速度揮出的劍招擊中，隨即失去意識，宛如昏眠。

「你是什麼人？既非隸屬於天帝直屬護衛——『使徒聖』，也不是部隊隊長，而是一介士兵，那究竟是怎麼在與涅比利斯星靈部隊的對陣之中占盡上風的？」

「這才是我想問的。」

一邊是自稱冰禍魔女的少女，另一邊則是仰頭望著她的劍士。

「不僅隻身一人就踏入了帝國據點之中，還能突破防線，摧毀動力爐……一般的星靈使可沒這種本事。」

樹海遭寒氣與冰雪深凍，讓人聯想起遠古的冰河期。而在樹海後方，則看得見以冰封的狀態被徹底搗毀的巨大兵器動力爐。

能驅使這股足使天地為之變異的強大力量的，正是眼前的少女。

「妳究竟是何許人也？」

「你到底是何方神聖？」

由機械運作的理想鄉「帝國」精心鍛造的王牌——黑鋼後繼伊思卡。

生於魔女樂園「涅比利斯皇廳」的最高階魔女——冰禍魔女愛麗絲。

立場對立的兩大國家的英雄。

兩人就此結識，圍繞著彼此的命運開始流轉。

Chapter.1　「少年與魔女」

1

冰冷幽暗的牢房。

這裡沒有窗戶，亦無絲毫陽光透入此處。

這處照明亮度僅與燭光相仿、鐵鏽味和塵埃味久久不散的陰沉空間——正是束縛著少女的牢房。

叩——一道腳步聲發出了回音。

「是誰？」

原本躺在囚房床上的少女，反射性地彈起身子。

這裡是不可能聽見腳步聲的，因為這座監獄裡連一個獄卒都沒有。

這裡是無人監獄——而這麼布置自然是有理由的。

其一，因為這座監獄的內部已被三段式的遠距監視系統徹底監控。

其二，被關在這座監獄裡的——包括這名少女在內——全是被稱為「魔女」或「魔人」的禁忌存在。

——就算被關在牢房裡，出事的可能性仍高得驚人。

——若是配置獄卒，甚至無法確保獄卒的安全，是以無人看守。

既然如此，為何會有腳步聲？

想必是某人為了某個目的而接近此地吧。

「…………」

她反射性地擺出備戰姿勢。

少女在出生時，身上就寄宿著來自這顆星球的不明能量——「星靈」，是被世人以魔女之名蔑稱，受到畏懼的人類。而敢提起膽子接近她的，自然不可能是捎來喜訊的傳令。

是來報私仇的嗎？還是來宣告自己的行刑時刻？

她半是害怕、半是在心底作足了覺悟。待腳步聲接近後——

「噓——安靜一點。」

「咦？」

在與「他」對上視線後所聽到的第一句話，令少女睜大了雙眼。

「我這就把妳放出去。」

出現在她面前的，是一名少年。

他有著未經整理的黑褐色頭髮，看起來僅是十來歲的年紀。

他身穿帝國士兵的制式戰鬥服，腰帶上繫著一雙對劍——被黑與白的劍鞘所收納的劍。

……放出去？是要放誰出去？

明明牢房裡就只有一個人，少女卻沒能立刻理解這句話的意思。

「別動，離鐵柵欄愈近就愈危險。」

劍光一閃。

少女的雙眼能捕捉到的，就只有一道閃光稍縱即逝的光景。

牢房的鐵柵欄被砍成了碎片——直到四分五裂的柵欄碎片發出「匡啷」聲散落在走道上的光景映入她的眼簾，她才總算察覺到少年究竟做了什麼事。

「……不會吧。」

這是連魔女的星靈術也無法粉碎的合成鋼鐵。

若是不出動大型的金屬加工機，肯定無法削斷這片柵欄，少年卻以探囊取物般的手法將之斬斷了。

而且還只憑著一把劍。

然而，讓少女真正感到驚訝的並非這斬斷柵欄的絕技，而是他破開牢房的行徑本身。

「……為什麼？」

「問我『為什麼』我也很難回答，不把這柵欄砍掉就救不了妳嘛。」

「……你要……讓我逃跑嗎……？」

少女凝視著被砍出能讓一個人進出的大洞的柵欄，眨了眨眼睛。

「你是帝國的劍士吧？而且你左臂上的臂章說明了你是使徒聖……為什麼帝國的最強戰力會出現在這裡？」

「妳知道得挺多呢。」

少年一邊回劍入鞘，一邊以可說是悠哉的態度點了點頭。

「涅比利斯的星靈使連帝國的階級都認得啊？」

「……因為……」

少女垂下臉來，眼眸裡混雜著不安和困惑等情緒。

「我和你是互為敵對的立場呀。知曉敵國的資訊自是理所當然……明明立場如此，你卻要放我逃跑？這到底是什麼意思？」

少女抬眼望向少年。

而他的答覆則是——

「妳應該才十三歲或十四歲吧，還是年紀更小？」

「……咦？」

「若是十二歲，就比我小三歲了──啊，很快就要小我四歲了呢。」

少年的國家和少女的國家，已經打了一場超過百年的戰爭。

被逮住的魔女不會分到任何一丁點的慈悲，俘虜也沒有性別與年齡之分。明明理應如此──

「我偶然看到了被抓住的妳，才察覺到一件事。」

「……？」

「只因為是星靈使，就連妳這種星靈反應微弱的女孩子都要通通抓起來打入大牢──我對這樣的作法有點意見。」

「……這不是帝國一以貫之的作法嗎？」

「嗯。所以說，我只能像這樣偷偷放妳逃跑。儘管我也是第一次嘗試，但要是順利，說不定同樣能放跑其他幾個孩子呢。」

他在牢房外頭招了招手。

「快點。雖然癱瘓了監視設備的系統，但應該幾分鐘內就會修復。」

「啊……」

被握住手掌的少女，發出了小小的驚呼聲。

被稱為魔女的自己明明受世人忌憚，你這樣接近我難道不會害怕嗎？就算不感到害怕，難道也沒有絲毫厭惡感嗎？

「快點。我們要一口氣跑到對面的走道上。」

被握著手的少女就這麼跑在無人的通道上。在少年的領路下，她跑過通道，抵達監獄設置的逃生出口。

「只要走出去，就能抵達帝都郊外，接下來只要混入人群之中，便可以離開鬧區，妳就照著燈牌的標示移動吧。要離開的話，我建議妳搭公路公車前往中立都市。喏，這妳拿去，雖然沒多少就是了。」

少年將乾麵包——這是軍用的充飢糧食——和帝國銀幣塞到了少女的掌中。

她沒能說出「謝謝你」這三個字。

因為一切進行得太過順利，讓她覺得其中一定有詐。她從沒聽過有哪個帝國兵會好心到協助敵國的俘虜逃獄，甚至還提供糧食和金錢的。

「好了，快走吧。」

「…………」

即使心懷不安，但「想逃」的心情終究成了動力，讓少女向外奔了出去。

她穿過逃生出口，前往監獄外頭。

搭上公路公車穿過帝國的關卡後，便出了帝國的領土。接著，少女造訪了同志聚集的據點，前往故鄉涅比利斯皇廳。在接觸到熟悉親切的自國空氣後——

「……原來這是真的呀。」

少女才明白少年當時的言行舉止並非圈套。

然而，到了隔天。

在帝國發生的前所未聞事件，很快就傳到了少女所在的涅比利斯皇廳。

「史上最年少的『使徒聖』伊思卡——」

「由於協助魔女逃獄，以叛國罪遭到逮捕，並下達了無期徒刑的判決。」

「不會吧……」

少女捏緊了發到自己手邊的報章雜誌，身子輕輕發顫。

為什麼？我明明是他的敵人，他為何要這麼做？

是什麼樣的理由讓他願意做到這種地步？想不透此事的少女，就這麼呆呆地站在原地。

——而那正是距離「現在」整整一年前發生的事。

前所未聞的魔女逃獄事件在事發後過了一年，到了此時此刻。

世界再次想起了少年的名字。

而成為契機的，正是黑鋼後繼伊思卡與冰禍魔女愛麗絲的相遇——

2

『釋放受刑人伊思卡。』

帝國議會——這個以擁有全世界最多領土而自豪的「帝國」首腦機構，為一個議題作出了裁決。

『把臉抬起來吧，伊思卡。相隔了一年來到外界，曬到睽違已久的陽光有何感想？』

「……在下感到相當刺眼。」

自天窗灑落的陽光，讓雙手雙腳都遭到拘束的少年——伊思卡瞇細了雙眼。

此處為寬敞的議會廳。

少年站在議會廳中央的台上，環視起俯視自己的八名男女。

八大使徒——

他們是統籌帝國議會的八名最高層幹部。他們不會在議會中展露真面目，映在少年面前的螢幕上的，就只有八人朦朧的臉部輪廓。

『你看起來似乎不怎麼欣喜啊？』

「……在下仍有些半信半疑。敢問是真的要釋放我嗎？」

『很好，看來你對自己所犯下的罪行之重尚有自覺。我等逮到的魔女被你放跑的那起事件，對我們造成了很大的損失啊。』

『我們這回可是為你準備了將功贖罪的機會喲。』

「敢問這是什麼意思？」

他反射性地蹙起眉頭。一年前，他以協助魔女逃獄的主犯身分鋃鐺入獄。在被剝奪使徒聖地位的同時，也被宣告了無期徒刑的判決。

……那又為何要釋放我這種犯了重罪的人？

只關了一年就能獲釋，可說是輕到不能再輕的裁定。映在眼前螢幕上的八大使徒，絕非心慈手軟之輩。

「這是獲釋特赦，但要我參加某些任務的意思嗎……？」

『挺敏銳的嘛。不過，瞧你在魔女逃獄事件之中的表現，也看得出你的腦袋並不蠢笨。』

八大使徒的低沉嗤笑聲傳了過來。

「我除了使劍之外，其餘什麼也不會。」

『你這段個人陳述有些不夠精確。應該要這麼說才對吧——你不是只會使劍，而是手上有劍便無所不能。』

這並非在嘲諷他。掌握世界霸權的頂級權力者之所以會將一名少年叫來議會，並對其直接下達命令，為的就是這個理由。

『切入正題吧。我等將命令你的並不是什麼特別的任務，而是要你善盡自己的義務——換句話說，就是打倒魔女。』

「魔女？」

『潛伏在涅比利斯皇廳的探員傳來回報，說是皇廳決定派遣一名魔女攻打帝國的據點。』

「這……就前線的狀況來說，應該是極為稀鬆平常之事才對。」

『那人並非尋常魔女，而是繼承了大魔女涅比利斯直系血脈的「純血種」。』

「您說純血種？」

八大使徒所宣告的詞彙，讓伊思卡不禁瞠大雙眼。

「……那會是個強敵呢。」

『所以我等才會釋放你啊。』

八大使徒語調平淡地說道：

『過去，大魔女涅比利斯曾讓我等帝國化為一片火海。而她的直系子孫皆被稱為「純血種」，全數擁有強大的星靈——這你應該已經知道了吧？』

「是的，畢竟在下曾多次與之交手過。」

『你這回的對手，是在這群純血種之中特別出類拔萃的敵手，冰禍魔女——在一年前，你還待在監獄的那段期間，她僅僅隻身一人，就擊潰了尤貝爾北方前線。甚至連我等設置的最新兵器都被涅比利斯皇廳所奪。』

「……一個人擊潰了那個尤貝爾前線？」

待在監獄的期間，伊思卡的確聽過些許傳聞。

據說擁有極為強大星靈的魔女嶄露了頭角。

『若令使徒聖與其正面交鋒，想必能使對方陷入一番苦戰吧。但駐守前線的部隊是否能阻擋對方，實在讓我等不甚放心，為此才會派遣你上陣。』

『史上最年少的使徒聖伊思卡呀，我等很期待你的表現喲。』

「……在下已是『前任』使徒聖了。一年前的事件已讓我遭到降職處分。」

年僅十五歲就榮任天帝直屬護衛的一介士兵。

照理說，他會因為這無人能及的升任紀錄，而以英雄的身分受人讚頌……

『只要有那個心，你隨時都能取回使徒聖的位子吧？畢竟你是拜在帝國最強的「那名男子」門下，而且還繼承了星劍，榮獲「黑鋼後繼」之名啊。』

伊思卡腳下的地板左右分開，在機械的運作下，台座緩緩升起。

——那是一雙對劍。

分別是收在黑鋼劍鞘以及白鋼劍鞘之中的劍。

『這是你從「那名男子」手中繼承而來的星劍，收下吧。』

「真的可以嗎？」

『唯有適合者才能發揮這對劍的力量。這是只為你而存在的劍啊。』

與此同時——

原本拘束著伊思卡的手銬和腳鐐，伴隨聲響鬆了開來。

『伊思卡，從這瞬間起，你就是自由之身了。我等將安排十七小時後把你送上前線的軍車，你就在這段期間做好準備吧。若有需要的東西，我等會為你張羅，無論是武裝、人才、資金、糧食或醫療皆然，想要什麼都儘管開口。』

想要什麼都儘管開口。

對於這可以說是破天荒的待遇，伊思卡毫不迷惘地立刻回答：

「我希望能找三名成員組成部隊。」

『說吧。』

「部隊長由米司蜜絲・克拉斯擔綱，狙擊手一職由陣・修勒岡擔任，另由音音・艾卡斯托涅擔任機工士。能請諸位為我召集這三人嗎？」

3

帝都第二管理區。

這是在被厚重鋼鐵城牆包覆的帝都之中，氣氛最為熱絡的商業區。而名為「火藥基地(Powder Base)」的餐館就坐落在廣場前方的一角——

「音音小妹，老夫該坐哪個位子好啊？」

「音音小妹，我點的菜還沒上咧。」

「音音小妹——」

「好好好！我馬上就來了啦！」

蹲在廚房角落的音音，將充作午餐的麵包大口吞下，慌慌張張地站起身了。

她套上疊好的工作用圍裙，跑向湧入大批客人的吵嚷外場。

音音．艾卡斯托涅——

無論是紮成馬尾的紅髮、偌大的藍色雙眸，還是活潑開朗的笑臉，都讓人對這名少女印象深刻。年紀則是十五歲。那健康結實的肢體，搭配運動小背心和露出大腿的熱褲打扮，相當符合她外向好動的氛圍。

「來了來了，一位客人…………啊！」

銀髮少年站在餐廳門口。

一看到少年，音音登時驚呼一聲，跑到他身旁。

「陣哥？哇哇，你是特地來看音音的嗎？好開心！」

「我們不是才剛見過面而已嗎？」

「咦——？那你是來捧場的嗎？這樣的話，再等大概一小時客人就會變少一些，空位也會比較多喔。今天的當日特餐是——呃——」

「可惜，我已經吃過了。」

面對抬眼看來的音音，少年以冷淡而清晰的口吻回應。

陣・修勒岡。

是個有著一頭往後梳的銀髮、銳利的灰色雙眸和精悍臉孔的少年。他身穿混入光學纖維的灰色戰鬥服，左肩上扛著一個裝了狙擊槍的防震箱。

「那你今天是來做什麼的呀？」

「我來傳話。」

「耶？」

「『那小子』被釋放了。他剛剛睽違一年地回到宿舍，正匆忙打包行李。」

陣所說出的話語，讓音音的視線在空中游移了一會兒，接著——

「……啊！」

她像是忽然想起了什麼似的，雙眼閃閃發亮。

「難道說那個人——」

「是伊思卡。」

「不會——吧？咦？真的？你沒騙我吧？」

她甚至忘了自己人在餐廳，發出了響亮的尖叫聲。

「要是有空開心，就快去做準備。」

「這樣啊，你說的準備是歡慶的準備對吧？」

音音雖然高興地蹦跳著，但陣的口吻依舊一樣冷漠。

「明天凌晨十二點要出發，軍車會把我們送到前線。」

「……嗄？軍車？前線？」

「要『出兵』了。」

「咦？陣哥你等一下！音音我今天的打工剛好要到晚上才會下班耶？」

「妳就死了這條心吧。想做正經的工作，對妳來說根本是天方夜譚。」

陣吐出一口宛如嘆息般的氣，迅速轉身背對音音。

「只要帝國和涅比利斯皇廳還打算繼續打這場爛仗的話──」

＝

帝都的軍方關卡。

在染上薄墨色的夜幕掛上帝都的此刻，監視塔的探照燈將正前方的大門照得刺眼。

從此處驀地仰望的天空，可以看見許多朦朧閃爍的星光。

「好冷。」

撫過脖子的夜風讓他的身子打顫。

「……雖然朝陽也一樣，不過就連這樣的星空也是整整一年沒看過了呢。」

伊思卡豎起戰鬥服的衣領擋風，稍稍露出苦笑。

他一直以為這輩子再也看不到朝陽和夜空了。

「然而一走出監獄，等著我的就只會是命懸一線的戰鬥。說不定我哪天會感到後悔，覺得待在監牢裡活過一生還比較安全……嘿！」

他將背著的背包扔上軍車的載貨台。

雖然傳來了頗具分量的「砰」一聲，但伊思卡的行囊還算是輕的。

他的武器只有帶在身上的劍，另外還有醫藥包和小型的通信設備。相較之下，狙擊手就得帶上自己的槍枝和大量彈藥，情報官則是得扛著大型的通信機。

「呃，現在——」

「距離集合時間還有四分三十秒。」

伊思卡回頭一看，只見在路燈照耀下，銀髮少年的身影逐漸浮現。

那是將防震箱扛在左肩上的狙擊手。

「嗨，陣。白天還真是幫了大忙，謝謝你幫我聯絡音音和米司蜜絲隊長。」

「我已經習慣你來去匆匆的做事風格了。這就和你一年前獨自在一時衝動下搞出了魔女逃獄事件時差不了多少。」

「嗚……我、我今天早上不是已經道過歉了嗎？」

「你實在太掉以輕心了。『不管做什麼事，在還沒找出能百分之百成功的手段前，都該靜靜等待』——這話師父不是說過好幾百遍了？」

陣誇張地嘆了口氣後，將行囊扔入車裡。

「當你被逮捕時，那兩個人受到的打擊之大，簡直不像是還活在這世上的人啊。」

「你是指音音和米司蜜絲隊長？」

「但也因為如此，你獲釋的消息讓她們相當開心呢。喏，說人人到。」

朝著陣所看的方向望去，只見兩道刺眼的車頭燈挾著驚人氣勢高速逼近。那是一台捲起了滾滾沙塵向前狂飆的越野車。

煞車的聲音響徹了大半士兵正靜靜入睡的夜晚。

「伊思卡哥，恭喜你獲釋——了！」

在越野車還沒完全煞住之前，將紅髮綁成馬尾髮型的少女便飛撲而來。

「恭喜恭喜恭喜恭喜——你！」

「音音？」

伊思卡接住了撲抱上來的音音。

「也沒必要這麼開心吧……不過，讓你們感到擔心，我真的很抱歉。」

「沒關係，這不是伊思卡哥的錯。比起這點小事，你獲釋真的太好了！」

音音雙眼含淚，抬眼凝視伊思卡。

「伊思卡哥知道音音我有多擔心你嗎？我可是整整一個月食不下嚥，瘦了三公斤喔！」

「妳之後不是因此反彈，氣得大吃燒肉，把自己撐胖了五公斤之多嗎？」

「陣哥怎麼知道的？」

耳朵很靈的音音沒漏聽陣的這句低喃，回頭看了過去。

「……啊，隊長好像也到了。喂——隊長！這裡這裡！」

音音朝著鬧區的方向揮了揮手。

明明已是深夜時分，鬧區依舊燈火通明。而身穿帝國戰鬥服的嬌小少女以此為背景，正沿著街道跑了過來。

「各、各、各位——嗚……哈……呼、哈……抱、抱歉，我遲到了……」

「……跑得還是一樣慢啊。」

陣傻眼地嘆了口氣。

也不曉得是背著的背包太重，或是體力不夠的關係，少女奔跑的步伐看起來十分蹣跚，彷彿隨時都要倒地不起。

「陣，隊長依舊沒變嗎？」

「就不好的方面來說，確實是沒什麼變。」

砰！

「啊，跌倒了。」

音音低聲說道。

明明沒有高低差，甚至連顆小石頭也沒有，但她還是重重地跌了一跤。即使如此，她仍打算站起身子——就在旁人都這麼認為之際，卻見她不知為何就地蹲下，縮起身子。

「……嗚嗚。對不起啦……人家也不曉得自己為什麼會這麼不擅長運動，還老是惹怒部下和上司。我果然不適合當兵吧……欸，電線桿先生，您也是這麼認為的對吧？」

少女居然對著眼前的電線桿開始說話：

「……乾脆辭掉隊長的職務好了。」

「不准辭啦———！」

伊思卡慌張朝著沮喪地口吐妄言的少女跑了過去。

「隊長，不可以回去啦！是說，一般人會在好不容易抵達之後才感到挫折嗎？」

「啊，是阿伊耶。」

聽到伊思卡的呼喚，嬌小少女的臉龐登時亮了起來。

她的身高比音音還矮，臉蛋上堆著孩子般的純真氣息和笑容。無論是微微地向外翹起的淡藍色頭髮，或是帶著健康血色的嘴唇，都充滿了年幼嬌憨的印象。

「哇啊，真的是好久不見耶。你是不是又稍微長高了？」

「有、有嗎？」

「有喔有喔。人家也很想長高，所以每天都有喝牛奶。但像人家這種女孩子，果然連身高都贏不了別人呢。」

「哪來的女孩子啊？妳明明就不是能那樣自稱的歲數了。」

「你、你在說什麼呢！阿陣？」

對於若無其事地參與對話的陣，少女……不，女子挑起眉毛說道。

米司蜜絲．克拉斯部隊長——儘管年紀看來比十五歲的音音還小，但其實是這支部隊裡最年長的一員。

「人家才二十二歲而已嘛——昨天去看電影的時候，還只付了兒童票就入場呢。」

「……隊長，您應該要乖乖地付全票看電影才對吧？」

「是啦。不過人家很開心呢。」

米司蜜絲以手指擦去眼角浮現的淚珠。

「阿伊仍舊是個坦率的好孩子，音音小妹也變得更可愛、更漂亮。阿陣那張說不出好話的嘴，在今天也教人懷念呢。」

「喂妳等一下——」

「防衛機構第三師．第九〇七部隊，在睽違一年後再次成軍了！」

米司蜜絲隊長絲毫沒察覺到有話想說的陣，朝氣蓬勃地舉起拳頭。

「所以呢所以呢？我突然就收到了出兵命令。不過這回是要執行什麼任務呢？」

「討伐魔女。說到防衛機構第三師（我們的部隊），也只會接到這種任務吧。」

「咦？」

聽到陣簡潔的回答，米司蜜絲驀然僵住了身子。

「目標是大魔女涅比利斯的直系『純血種』——如果說是冰禍魔女，隊長應該也聽得懂吧——就是那個最近現身的風雲人物。」

「冰禍魔女？」

米司蜜絲先是放聲大喊，接著臉色鐵青，身子也顫抖起來。

「阿、阿阿、阿伊，這是真的嗎？」

「是的。看來我之所以能夠獲釋，就是因為要抓住那個星靈使的樣子。」

「……哎呀呀。」

少女部隊長抱頭叫苦。

「阿伊，你根本是被八大使徒給陰了啦……」

「這是什麼意思？」

「說起來，那個冰禍魔女是在阿伊被關入監牢之後才出現的星靈使，阿伊會沒聽過她也是理所當然的。」

米司蜜絲的神情夾雜著緊張，繼續說了下去：

「她首次現身，應該是在尤貝爾北方前線吧？她僅僅一人就擊潰了那座前線，而且毫髮無傷地回國。三個月前，她於碧力爾平原現身時，我國雖然派出使徒聖，卻仍無法將她生擒。儘管相關資訊還不多，但已經傳出她是歷代星靈使之中強度最為頂尖的角色。對吧，阿陣？」

「但反過來說，對方也不曉得伊思卡這個士兵的存在。」

陣重新背起裝了狙擊槍的箱子。

「不知幸還是不幸，你的資訊也幾乎沒傳進涅比利斯皇廳裡頭。畢竟你雖然升上了使徒聖，卻是在一次都沒上過戰場的狀態下被降回下級士兵嘛。在對方看來，你只是一介雜兵；然而一旦上戰場見真章，就會受到使徒聖等級的強者襲擊。換句話說——」

「是要攻其不備嗎？」

「那或許就是八大使徒的盤算。話雖如此，既然會寄託在你這個曾經入獄過一次的犯人身上，也代表大人物們是真的感到棘手了吧。」

「冰禍魔女是嗎……」

像是被狂吹的強風推了一把似的，伊思卡坐進軍車的後座。

「伊思卡哥，要出發了嗎？」

音音意氣風發地坐上駕駛座。

她一手緊握方向盤，另一手則抓住了通訊用的機器。

「這裡是第三師．第九〇七部隊，我們要出發——了！喏，米司蜜絲隊長也快點上車上車。」

「哇哇，等等我啦音音小妹！」

部隊長慌慌張張地跳上已經開動的車子。

「阿伊，你、你真的要執行這個任務嗎……？」

「當然了。畢竟這對我來說也是個機會。」

裝甲車以猛烈的速度穿過帝國宿舍的出口，駛上由沙地構成的車道。

伊思卡透過雙層玻璃車窗，凝視著變得模糊的帝都燈火，微微──卻堅定地點了點頭。

「……阿伊，要是這次任務失敗，你是不是又會被關回牢裡呀？」

「我暫時不打算去思考這件事。」

面對米司蜜絲有些含蓄的提問，伊思卡微微苦笑。

「不管是一年前還是今天，我一直在思考的，就只有『該怎麼為這場沒完沒了的戰爭劃上休止符』這個問題。」

4

約莫百年前。

單一要塞領域「天帝國」──

俗稱「帝國」的泱泱大國，掌握了世界的霸權。

高度機械化的文明為帝國帶來繁榮。但在某一天，帝國觸及了「星球的祕密」。

地質調查隊在地底深處所發現的那玩意兒——

——乃是從星球深處噴發出來的「不明能源」——「星靈」。

即使時至現代，依然無法查明那玩意兒為何會沉睡在星球內部。不過，目前可以確定的是，星靈有著會附身在人類身上的特質。

最先被附身的，是沐浴了星靈噴泉的地質調查隊。

接著是研究星靈的研究員。

寄宿了星靈的人類，會在身上某處浮現出無法解析的斑紋，與此同時，他們也會萌生法力，施展出宛如童話故事裡的魔法。

詭異的斑紋和超常的力量。

「……這是怪物啊。」

寄宿了星靈的少女或女性被稱為「魔女」，少年或男性則稱為「魔人」。

帝國民眾恐懼這過於強大的力量，沒過上多少時間，就展開了針對寄宿星靈之人們的迫害。

但另一方面，遭受迫害的人們，對於帝國的憎恨也是與日俱增。

最後他們對帝國展開了反撲。

寄宿了最強星靈的少女——大魔女涅比利斯將帝國化為火海，並創建了只允許寄宿星靈者居住的新國家「涅比利斯皇廳」。

帝國將星靈視為危險之物，意圖滅絕魔女與魔人。

涅比利斯皇廳則主張星靈乃是人類的嶄新可能性，並繼承了祖先受到迫害的復仇執念。

兩大國家的鬥爭，即使到了百年後的現代，仍完全沒有消弭的跡象。

「——愛麗絲大人。」

被隨從以拘謹的動作輕觸肩膀後，金髮少女這才驀然回神。

「您還好嗎？身體可有微恙？」

「沒事。抱歉，我只是在想些事情。」

她按著被強風吹拂的側髮，回頭望向隨從少女。

她的名字是愛麗絲莉潔·露·涅比利斯九世——

是披著王袍（禮服）的美麗少女。

反射著陽光的璀璨金髮彷彿細絹般隨風飄逸，紅寶石色的雙眸則凜然生威。

她的四肢宛如瓷器般白皙通透，端正的眼鼻、血色鮮豔的嘴唇和紅潤的臉頰，醞釀出高雅而妖豔的氣質。

「謝謝妳，燐。看來不專心一點可不行呢。」

「不，畢竟愛麗絲大人理應也有煩心之事。而目前並無異狀。」

露出些微苦笑回應的，是將亮茶色頭髮綁成左右兩束的少女——燐。

燐．碧士波茲。

這名少女出身自侍奉涅比利斯王家的隨從家族，既是皇廳公主愛麗絲的側近，同時也是愛麗絲唯一能敞開心房交談的對象。

「還要多久時間呢？」

「目前已經穿越國境，接下來僅需抵達戰場即可。剩餘不到半刻時間。」

這裡是高度兩千公尺的上空。

愛麗絲和燐所搭乘的是一隻巨大的怪鳥。每當怪鳥振翅，便會揚起一陣強風，捲起愛麗絲的頭髮和王袍（禮服）。

「不知何時會遭遇帝國的長距離狙擊，還請您當心。」

「我已經習慣了。」

明明聽起來像是行有餘力，說這話的愛麗絲卻默默地咬緊嘴唇。

「我已經習慣了……無論是被槍枝狙擊，還是被辱罵為『冰禍魔女』都一樣。」

涅比利斯皇廳為大魔女涅比利斯所建立的國度。而身為現任女王次女的愛麗絲，乃是擁有正統王位繼承權者。

不僅如此，年僅十七歲的她，已是一名享有「皇廳最後王牌」美名的星靈使。

帝國雖然將他們蔑稱為魔女和魔人，但愛麗絲的祖先自脫離帝國獨立後，便轉而以星靈使自稱。

「燐，我的目標就和往常一樣嗎？」

「是的。此行的目的乃是摧毀帝國設置的前線據點。」

兩條髮辮被猛烈吹拂的燐這麼回答：

「在前線奮戰的同志們，傳來了帝國正在興建新型兵器動力爐的情報。一旦讓他們架設完成，那擁有中距離射程的火力將會單方面地蹂躪我軍據點，迫使我方向後撤退。」

「要在完成之前破壞雖然容易……但難道就不能趁勢攻入帝國領內嗎？有我和妳出手的話，應該可以輕鬆獲勝吧？」

對愛麗絲來說，這件事一直讓她感到不滿。

她有著遠超乎尋常星靈使的強大星靈，甚至能憑一己之力扭轉戰局。然而，女王——也就是母親對愛麗絲所下達的命令，都僅止於破壞敵方據點，並在事成後迅速撤離而已。

「母親大人為什麼不允許我展開突擊呢……本小姐早就是獨當一面的星靈使了呀。」

「女王大人一直很擔心把這件事掛在嘴邊的愛麗絲大人呢。」

燐伸手掩嘴輕笑了一聲。

「愛麗絲大人可是貴為將來的女王候補之身，照理說，您該做的並非突擊敵陣，而是鑽研帝王學才對。您不也常被提點，說在待命期間不該去觀賞戲劇或演奏會，而是該在城裡好好向學才是嗎？」

「那種無聊的玩意兒，本小姐可敬謝不敏。至於帝王學什麼的，等世界變得和平之後再來學也不遲吧？」

「您的想法當然也有一番道理。」

「是吧？」

她以微笑回應點頭稱是的燐。

然而，愛麗絲很快便斂去嘴角的笑容，以蘊含著強烈意志的口吻宣布：

「當務之急乃是打垮帝國。本小姐會摧毀那個國家，創造一個無人會遭受迫害的世界。」

眼下是一片紅土平原。

而在平原的另一端，可以看見埋沒了地平線的廣闊森林。

5

尼烏路卡樹海。

此地是帝國和涅比利斯皇廳的國界。

其特徵是能生長至三十公尺高的尼烏路卡樹。

自百年前持續至今的戰爭，據說已經燒毀了全世界百分之十五的森林。這裡是少數免於戰火的森林地帶。

「……呼哇，好大的樹呀。」

米司蜜絲仰望著衝天生長的尼烏路卡樹，張大嘴巴看傻了眼。

「人家還是第一次看到這麼大的樹呢。」

「米司蜜絲隊長，您過去曾和我一同造訪此地啊。在另一次作戰的時候。」

「咦，是這樣嗎？」

伊思卡看著歪頭不解的藍髮娃娃臉女性，側首說道：

「您該不會忘了吧？那次的作戰可是很折騰人的呢。」

「咦？啊哈哈……才、才沒那回事呢。對於曾經執行過任務的地點，人家還是記得很清楚的。哎呀，好懷念呢，這就是修巴魯茲平原呀。」

「連名字都搞錯了？這片森林怎麼看都不是平原吧！」

「人、人家只是開個玩笑啦！我當然記得很清楚嘍！」

「……實在讓人很不安呢。」

「沒事沒事。就包在人家身上吧！」

隊長斂起了嘴角。

「話說回來，阿伊，才剛到這裡，人家就覺得那個有點奇怪耶。」

略顯緊張的她所凝望的，是傳出響亮運轉聲的一座機械爐。

正式名稱為兵器動力爐。

就外型而言，可說和大型的焚化爐相當相似。

除了帝國部隊配置的量產重型火器外，帝都的研究室還個別進行設計，以特殊規格打造破壞兵器——兵器動力爐正是為其提供能量加以驅動的裝置。

「這是新造的動力爐吧？」

「應該是這樣呢。畢竟我們上次來的時候，還沒看過那種東西嘛。」

伊思卡站到米司蜜絲身旁，直直地仰望動力爐。

尼烏路卡戰略基地。

這便是設置在這座樹海的據點之名。

雖然距離涅比利斯皇廳配置星靈部隊的前線僅有短短的三千公尺，但拜周遭的參天巨木之賜，據點得以隱藏其存在。

「好奇怪喔，明明架設了這麼大的動力爐，配置在這裡的部隊怎麼會這麼少？」

動力爐持續釋放著蒸氣運轉著。

其周遭架設了帳棚和通訊據點。雖然看得到匆忙穿梭其中的部隊身影，然而就如米司蜜絲所言，以戰略基地的規模來說，這裡的人手明顯過少。

「哦，這肯定是因為——」

就在伊思卡要開口說明之前……

「我回——來啦！」

將紅髮紮成馬尾的少女從大樹之間探出頭。

「哇……嚇了人家一跳。音音小妹，別嚇我啦。」

「我把軍車交接過去嘍。另外，我也在那邊的帳棚看到了這裡的指揮官先生，打過招呼後和他稍微聊了一下，才知道這座爐其實還沒完工呢。」

音音「咚咚」地敲了敲動力爐的外殼。

「因為還是在測試階段，所以聲音才會這麼響亮呦。照進度來說，這爐子應該早就完工了，但因為最近發動攻勢的星靈使太多，撥了不少建造的人手前去防衛前線。據點的人手偏少，似乎也是出於這樣的原因呢。」

少女那對天真無邪的眸子深處閃爍著知性的光輝。

被分發到士官學校後，身為超一流機工士的音音便基於無窮無盡的好奇心，發表了一篇又一篇的論文，帝都的壓制兵器開發局甚至為她破例，試圖將她挖角過來。

想和伊思卡與陣待在同一個部隊——

要不是有這樣的堅持，音音現在肯定已經是帝都的專任開發員了吧。

「我本來就覺得奇怪，這座動力爐在運轉時的震動頻率太過不穩定，而且還有其他雜音呢。」

「哦，音音小妹果然專業。」

「另外就是排氣口排出的蒸氣顏色與氣味。明明加壓裝置有正常啟動，控制環的數量卻幾乎加到了極限；況且七個指示燈之中，第三個燈號和第七個燈號竟然會在正常運轉時同時發亮，這實在太不自然了。再加上——」

「……差、差不多該停了吧，音音小妹？」

米司蜜絲打斷了滔滔不絕的音音。

而在這兩人身旁——

「…………」

「伊思卡哥，你怎麼呆站在那裡呀？」

聽到有些訝異的音音這麼詢問，伊思卡以視線直指眼前的動力爐。

「我只是在想，一旦這座動力爐完工，是不是又會有許多星靈使會因此受傷……」

對尋常人類來說，星靈的力量就與魔法無異。

其性質和能力雖然各自有著極大的不同，但縱使是攜帶著槍械的帝國部隊，也經常會在對上強大的星靈時束手無策。為了對抗這些星靈使，帝國只得開發這種兵器——伊思卡雖然也明白箇中道理。不過……

「這是惡性循環啊。」

這麼開口的，是將狙擊槍扛上肩的陣。

「帝國製造動力爐，皇廳則出手將其破壞。一旦我方受創，就會開發起更為強大的兵器和動力爐展開反擊；而接下來就輪到星靈使受創了。這一百年間，世界就是在這樣的循環之中建立的……是說，我也只是拿師父說過的話現學現賣罷了。」

他重重地嘆了口氣。

「無論促成戰爭的原因為何，這場戰爭之所以會延續下去，最終仍得歸咎於情感方面的煽動。在拖了這麼久之後，用一般的道理是無法中止這場戰爭的。除了有人願意挺身扮黑臉，用強硬手段斬斷循環之外，已經沒有任何阻止的辦法了。」

「斬斷循環……嗎……」

「某位仁兄想過的談和也是其中的一種方法呢。至於能不能辦到就是另一回事了。」

自音音面前走過的陣驀地停下腳步。

他停在自己的面前。

「雖然不用我說你也知道，不過涅比利斯皇廳可是奉大魔女涅比利斯的子孫為女王的國家。根據世間的猜測，會有這樣的傳統，就是因為那個王家的血脈盡是些寄宿了強大星靈的人才。」

星靈使的頂尖人物，都是來自於大魔女涅比利斯的直系血脈。

就多數狀況而言，涅比利斯王室家族所擁有的星靈之強大，往往是一般星靈使望塵莫及的。帝國議會更將其稱為「純血種」，並審慎地加以提防。

「『生擒那個純血種』──一般來說是不會想到這種作戰的吧，隊長？」

「嗯、嗯……應該很困難吧……大概比生擒十名的普通星靈使還要困難吧。」

「豈止十人，就是生擒一千人都簡單多了。」

對於隊長唯唯諾諾地給出的回應，狙擊手用力地搖了搖頭。

「在這場延續百年的戰爭之中，至今尚未出現成功逮到純血種的紀錄。就連歷代使徒聖頂多也是做到將其擊退。涅比利斯血族的強度之誇張，亦能從中窺知一二。」

「正因如此——」

伊思卡像是接著陣的話語似的，輕輕點了點頭。

「只要能生擒純血種，我想涅比利斯皇廳也會不得不選擇談和這條路。」

「這我已經聽了一千遍了。」

十多年交情的朋友，回以混雜著無奈的嘆息。

「就現況來說，帝國和涅比利斯王室的腦袋裡都不存在和平兩個字，所以只要扣留其中一方的重要人士，便能硬逼著雙方坐上談判桌——這就是伊思卡的想法。」

「……不過，阿陣呀？」

部隊長以不安的口吻打了岔：

「若是生擒了純血種魔女，帝國的立場就會趨於有利吧？我不認為八大使徒會天真到主動邀對方談和耶。別說是一視同仁的和平了，總覺得他們即使提出『若是不無條件投降就殺掉人質』這樣的要求也不奇怪呢。」

「所以說，伊思卡認為必須由他親手生擒純血種才行。」

盡可能讓兩國的立場維持對等的和平條件——

若是八大使徒不打算提出這樣的想法，「他就會讓被抓到的純血種逃獄」。

「畢竟有一年前的魔女逃獄事件這個前車之鑑，一旦伊思卡真的說出口，聽起來就不會像是單純的虛張聲勢。是說，我們對隊長（老大）說明過這個計畫多少次啦？」

「啊、啊哈哈……對不起喔，人家的記性不好嘛。」

被交抱雙臂的陣直盯著瞧，米司蜜絲隊長笑了笑帶過這個話題。

「以部隊長（人家）的立場來說，我對生擒星靈使的目標倒沒有意見……只是純血種似乎有點可怕呢。」

「伊思卡哥只要下定決心就不聽人勸了嘛——」

音音從背後用力抱住了他。

「不過放心，音音會好好守護伊思卡哥的！伊思卡哥陷入危機時，音音會確——確實實地做好後方支援——」

「好啦，要走了，音音。等回帝都再和伊思卡玩扮新娘遊戲吧。」

「啊好痛！陣哥，你怎麼這樣啦？」

陣抓著音音的馬尾尾端向前邁步。

「我的馬尾都要斷成好幾截了……」

「才不會斷咧。人類的毛髮比同樣粗細的銅線還耐用呢。」

「我才不想聽這種派不上用場的知識呢！」

音音按著頭頂一帶，不情不願地邁出步伐。

這時，隊長米司蜜絲叫住了兩人：

「阿陣，等一下！前線部隊還沒有傳來聯絡，要是擅自行動，會惹前線部隊生氣喔！」

「就在某人眺望著兵器動力爐的這段期間，我已經聯絡好了。」

「也太快了！」

「昨天和今天都沒有交戰。前線的狙擊隊雖然看到好幾個星靈部隊的斥候，但似乎沒見到疑似冰禍魔女的人物……大概就是這樣。」

「……她真的會現身嗎？」

「是有在近期再次對動力爐展開奇襲的可能性。」

陣在樹海之中邊走邊說。

從他的腳尖方向向前看去，便能看到藏在樹海草叢之中的軍車。

「前線部隊表示：『歡迎諸位的增援，希望能立刻會合。』照這樣看來，他們是真的很防備冰禍魔女吧。伊思卡，聽說冰禍魔女是純血種是吧？」

「我想應該沒錯，畢竟八大使徒是這麼斷定的。」

「我等會要你善盡自己的義務——換句話說，就是打倒魔女。」

「那人並非尋常魔女，而是繼承了大魔女涅比利斯直系血脈的『純血種』。」

「儘管難如登天，但只要能逮到冰禍魔女，應該就有十成的把握逼對方談和了吧。」

「就是這樣。音音，去開車吧。我們去和前線會合。」

「那就出發嘍！」

在聽了陣的指示後，駕駛座上的少女點了點頭，用力握緊排檔。

與此同時，大尺寸的輪胎也猛烈地旋轉起來。接著，供四人乘坐的敞篷車就這麼以驚人的氣勢行走在受到巨樹包夾的狹小林道之中。

「呀嗚？」

米司蜜絲隊長發出了宛如幼犬般的悲鳴，還靈巧地在副駕駛座上摔了一跤。

「音音小妹、音音小妹？再、再開得安全一點！」

「放～～～心放心！對音音我來說呀，就算閉上一隻眼睛，開起車來也是小事一樁啦。」

「算人家求妳了，快睜開眼睛啦————！」

視野不僅被尼烏路卡的巨樹和草叢阻礙，地面還因為蔓生的樹根而顯得凹凸不平。在這樣的道路上狂飆，也難怪米司蜜絲會慌張不已。

「果、果然這麼久沒上戰場，還是會緊張耶……不曉得能不能好好指揮呢。」

「老是提心吊膽也不是辦法啊。」

坐在後座的陣撐著臉頰，快速說道。

他銳利的目光依舊盯著樹海的深處。

「伊思卡因為坐牢的關係體能變鈍，我也離開了部隊，就連音音也是半退役狀態，靠著打工餬口度日。我們對於實戰的直覺已經不如以往，帶著這種像是大病初癒的部隊，真的能與冰禍魔女一戰嗎——妳是這樣想的吧？」

「……嗯、嗯。」

「麻煩您了。畢竟在這種時候才最能發揮出隊長的強項啊。」

伊思卡朝坐在前座的女隊長用力頷首。

「不管是我、陣還是音音，都難以遵從嚴格的團隊行動，唯獨米司蜜絲隊長是個例外。畢竟您能在維持紀律的狀態下，相信隊員們的判斷。」

「就是這樣。好啦，妳就看著吧。與星靈使的交戰包在我們身上，妳只要在後面下達命令便行了。」

「阿陣！阿伊！」

隊長的眼角泛出淚花。

「人家好開心呀，原來你們都變得如此成熟穩重了……尤其是阿陣，想不到才過了一年，你就變得這麼溫柔體貼呢！」

「我只是害怕拿出幹勁來的隊長會拿槍胡亂掃射罷了。與其背負被友軍流彈打死的風險，還是讓隊長蹲在後方發號施令好多了。」

「咕嘰——？」

米司蜜絲試著從副駕駛座朝著陣展開攻擊。

這時，看著三人互動的音音帶著開心的神情，從駕駛座上回過頭來。

「陣哥，你嘴上這麼說，但當初部隊解散時，看到隊長沮喪的模樣後，對音音我說：『帶那個白痴去吃燒肉，讓她振作一點吧。』的，不就是陣哥嗎？」

「咦，是這樣嗎？可是叫人家白痴是不是太過分了？」

「還好啦。比起這點小事，音音妳快看前面——」

看著前面開車——話才說到一半的陣，驀地收住了話尾。

接著——

「跳車！」

自後座站起身子的伊思卡和陣同時吼道。

「咦？咦？」

「隊長，抓住我吧。」

駕駛座上的音音抱住米司蜜絲，從車上跳了下來。

右後座的陣抱著狙擊槍跳了出去。而在確認過所有人的行動後，伊思卡從左後座的座位上躍了起來。

下一瞬間——

以堅固裝甲打造的軍車，被深紅色的火焰狠狠吞沒了。

「是涅比利斯的星靈部隊嗎？」

伊思卡於空中扭腰旋身，在拔出固定在背帶上頭的一雙對劍後屈膝著地。

接著，音音和米司蜜絲也在他身後落地了。

「怎麼會？這裡還是帝國的陣地範圍耶！」

「這代表前線的防線遭到突破了。看來敵方之中有強大的星靈使存在——音音。」

「伊思卡哥，有通訊！」

音音將巴掌大的通訊機貼在耳邊。

「尼烏路卡陣營的通訊班來訊，向所有部隊要求支援！」

「……可不能被拖住太多時間啊。雖說這也是為了完成奇襲任務，但倘若不能將他們擋在前線，星靈使的大部隊就會勢如破竹地攻進來了。」

著地的陣將扛在肩上的槍枝拉開保險。

他身後的樹叢在這時劇烈晃動。

「陣，退後！」

接下來的事情都發生在同一時間——陣的身後冒出了一片急速接近的巨大火牆，伊思卡則是以黑鋼之劍將紅蓮之壁一刀兩斷。

「……竟然將星靈之焰斬斷了？」

一男一女組成的星靈使搭檔從樹叢中躍出身子。

他們是涅比利斯星靈部隊。

兩人身上穿的是混有金屬纖維的白銀裝束。即使受到機關槍的集中射擊，那堅硬的材質也能撐上短暫的時間。

子彈能奏效的部位，就只有不到一公分的裝甲接縫處。要是沒能命中該處，縱然是以陣的狙擊槍開火，恐怕也無法給予有效的傷害。

「竟、竟然有兩名星靈使？大家小心！」

「看也知道對方有兩個人吧。還有，與其提醒我們，妳還是先擔心自己要緊。另外也別刻意出聲下令啦，這樣一聽就知道誰是隊長了。除此之外——」

「我不想聽這種沒完沒了的吐槽啦！」

「那就閉嘴退到後面吧。」

將目光從淚眼汪汪的米司蜜絲身上挪開後——

陣對著前方——距離不到十公尺處的兩名星靈使舉起了槍。在米司蜜絲還沒說出下一句話前，他已毫無迷惘地扣下扳機。

槍口在極近距離噴出了火焰。

然而，兩名星靈使卻文風不動。

——子彈在空中停了下來。

宛如時間停止一般，子彈在虛空中停住了。過了幾秒鐘後，用盡動能的子彈緩緩地掉落在地。

「我就知道會來這套，難怪被槍舉著還能不當一回事。」

陣瞪向一動也不動的男子。

「你是負責保護同伴的，還是風之星靈的亞種對吧？停滯在空中的子彈軌道微有偏移，這是子彈撞上壓縮空氣牆時會產生的現象。這麼一來，那邊的女人用的就是炎之星靈吧。還勞駕妳幫我們報廢了軍車。」

兩名星靈使無言地佇立在原處。

沒錯，這就是讓帝國聞之色變的「魔女」和「魔人」——擁有超常力量的人們。

從能將帝國的一棟大樓直接轟垮的壓倒性威力，到足以擋下槍林彈雨的堅實防壁，星靈的性質可謂千變萬化。涅比利斯的星靈部隊，甚至擁有能以僅僅一隊的編制摧毀帝國前線的無窮潛力。

「真冷清呀，帝國的增援部隊居然只有寥寥四人嗎？」

以兜帽遮住半張臉孔的女子，吊起唇角露出冷笑。

「好啦，趕快解決這一批，好去清理下一支部隊吧。」

地面震動了起來，在發出「砰」的一聲後向下凹陷。接著，涅比利斯的星靈部隊便一一從坑洞中爬了出來。

「是要投降還是全數戰死？挑一個喜歡的吧。」

「咦？怎、怎麼會……在不知不覺間冒出這麼多人？」

八名星靈使封住了八個方位，加上眼前的兩人——總數高達十人的敵方勢力，讓米司蜜絲臉色鐵青。

「阿陣！阿伊！」

「啊——……是地系的星靈嗎？原來如此，要是遁地而行，自然連一點氣息都不會發出來了。」

「真是費心施展的術式，裡面有相當厲害的星靈使在喔。」

「你們兩個怎麼還有興致聊天啦！」

「因為是在預料之中的狀況啊——伊思卡。」

老實回答的陣微微使了個眼色。

「星劍之前被八大使徒沒收過，你現在握在手上的應該不是假貨吧？」

「是真貨。一摸就知道了。」

「所以，『全都砍得倒嗎』？」

「手感有回來的話就行。現在仍有點困難，所以就先老實地借助你們的力量了。」

握著雙劍擺出架勢的伊思卡，在此時向後退了一步。

一名少女呼應著他的動作踏前一步。伊思卡朝她望去——

「音音。」

「座標資訊傳送完畢——」

綁了馬尾的少女將手掌伸向天空。

她的小指戴了一只由機械零件構成的戒指——在星靈部隊察覺此事的瞬間，砲火已然迸射而出。

「衛星『占星四書之星』發射反星靈手榴彈！」

手榴彈從天而降。

手榴彈在尼烏路卡樹頂上空炸裂開來，強光和衝擊波隨之迸散，甚至揚起了地表的沙塵。

「什麼……？」

來自頭頂上方的突襲，令星靈使們屈膝跪地。

懸浮在天上的衛星，乃是帝都的壓制兵器開發部局過去所發射，並交由身為機工士的音音保管，作為「實驗」使用。

——反星靈兵器。

攪亂星靈的波長將會涵蓋半徑三十公尺的範圍，並維持兩秒。

而在這兩秒之中，伊思卡已經展開了行動。

「右邊，五人。」

他向陣這麼大喊後，隨即向左迴身，對準正在包圍己方的星靈使縮短距離，衝進敵方的懷中。

「不過是個帝國雜兵！居然……設下了這麼周到的圈套！」

星靈使怒聲咆哮，從揚起的沙塵之中衝了出來。

男子暴露在外的手肘上有著深紅色圖紋。

那就是星紋——寄宿了星靈之人的證明。浮現出星紋的部位因人而異，據說愈是強大的星靈，星紋的面積就愈大，形狀也愈複雜。

這詭異的印記，也是帝國以魔女或魔人這樣的蔑稱稱呼他們的理由之一。

「而且居然沒帶槍？你是認真的嗎？」

伊思卡沒有回應，再次向前。

步法——透過鍛鍊到極致的身體肌力和平衡感，讓他能在雙手持劍的狀態下依舊不減速度地向前跨步。

「混帳！」

面對在轉瞬間逼近至使劍距離的伊思卡，男性星靈使擺出了架勢。

也許是在一瞬間明白自己無法從伊思卡的疾馳之中脫身吧，他高舉宿有星紋的右臂，擺出迎擊的架勢。

——深紅色星紋發出燦爛的光芒。

男性的右臂一帶迸發出點點紅色火星。

「猛火的星靈啊……」

「是火系的啊。」

「炸裂吧！」

自伊思卡頭頂迸出的火星瞬間收縮，化為一人環抱大小的巨大火球襲擊而來。被火焰吞噬的伊思卡將就此倒下——炎之魔人在腦海裡描繪的未來光景，卻在魔女同伴的尖叫聲中化為烏有。

「不行！他在你後面——」

「……咕…………」

然而這聲警告來得太遲了。

男性星靈使默不作聲地倒下。

「對帝國來說，炎系的星靈是被視為威脅的星靈之一。不僅會燒毀戰鬥服，還會引爆武器庫的火藥和兵器。卻也存在著『從產生的火種可以預測出火焰的規模和發射角度』這樣的弱點。只要在發動前逃出射程範圍，就不至於構成威脅了。」

伊思卡站在男子身後。

在火球引爆之前，他先一步扭轉身形搶到敵方身後，並以劍柄重擊他的頭部。

「竟然能在發動前感應到攻擊……這怎麼可能在不到一秒的時間內完成……」

「『我一直是這麼訓練過來的。』。」

「唔……別過來！」

脖頸上宿有綠色星紋的魔女——女性星靈使面露怒色，將手伸向前方。

那是風之星靈。

雖然星靈大致有著分類，卻也會依照精靈的強度分為「微風」或是「暴風」等不同階級。此外，還有能產生「風之刃」這種被分類為「鎌鼬星靈」的亞種，是以在實際受到攻擊前，無法洞悉其星靈真正的性質為何。

不過，對於伊思卡來說——

光是能獲得「風之魔女」這則資訊就足以應付了。

「風之星靈所產生的風乃是無形之物。與借助炎之星靈所發動的力量相反，想對這類攻擊產生反應相當不易。不過──」

他一鼓作氣地從魔女打直的手臂旁穿過。

魔女短暫地眨了眨眼──趁著這一瞬間的破綻，伊思卡在她的腳邊屈膝一蹲。

「在風實際產生之前，會有一瞬間的延遲。」

咚……

伊思卡伸出的掌底向上一擊，削過了女性星靈使毫無防備的下顎。

「──」

在強風生成之前，魔女便失去了意識。

由於身為宿主的人類中斷命令，受其操控的星靈也隨之沉默。最後招呼到伊思卡身上的，就只有力量殘渣所形成的微風罷了。

勉強反應過來的兩人如今已無反抗之力。

剩下的三人，則是早在與伊思卡錯身而過時便被放倒在地。

「陣，你那邊呢？」

「都解決了。」

銀髮狙擊手在他身後，將狙擊槍放到地上。

在音音掀起的沙塵之中，倒在陣背後的星靈使全都是以裝甲接縫處中彈的狀態倒臥在地。

即使視線範圍只有短短幾公尺，依舊完全難不倒他。

在這樣的視野之中，裝甲的接縫處理當根本無法目視。而能彈無虛發地射穿接縫處的神技，就算是以魔術施展的奇蹟來形容也不為過吧。

「呼耶耶……不管是阿陣或是阿伊，都還是一樣厲害呢。」

「因為在音音撒下手榴彈之前，我一直和目標對看啊。對手雖然會藏身在沙塵之中，但只要對著記下的位置開火就行了。就是要我閉著眼睛開槍也不成問題。」

米司蜜絲隊長一臉愕然地望著重新裝彈的陣。

「咦？那不是衣服和衣服之間的接縫嗎？明明那麼細小的說……」

「我可是討伐者（神槍手），要是連這點事都辦不到還像話嗎？」

趁著音音的廣範圍攻擊擾亂對手聯繫，從後方以一槍擊倒敵方主力，便是陣身為狙擊手的工作。

若說有什麼要注意之處，應該就是他們的分工被敵方察覺的時候吧。

一旦音音或陣被優先鎖定，或是隊長米司蜜絲遭到集中攻擊時，就必須有人以誘餌的身分拉開敵方的注意力。

伊思卡正是擔任這個角色——憑一己之力對星靈部隊展開突擊，將原本會落在三人身上的星靈攻擊轉移到自己身上，可說是不要命的突擊先鋒。

「換作是一年前的話，這些傢伙甚至可以全都交給伊思卡應付，我們三個直接趕路呢。」

陣俯視著倒臥在地的星靈部隊。

「記得你被稱作『厭惡戰鬥的戰鬥狂』是吧？」

「…………」

被伊思卡放倒的共有五名星靈使。

即使遭到躲過音攻擊的兩人反擊，伊思卡依舊不當一回事地將他們打趴在地。不僅如此，他甚至沒用上可謂現代帝國象徵的任何槍械。

是修羅，抑或鬼神——

目擊過伊思卡不畏生死地衝鋒陷陣的模樣後，星靈使給了他這樣的渾號。

不過，與伊思卡來往密切的帝國部隊（夥伴），很清楚伊思卡這樣的戰鬥方式，為的是能讓戰爭能儘早落幕而執意為之的悲傷之戰。

——因此，他成了厭惡戰鬥的戰鬥狂。

他比誰都希望能阻止這場戰爭。

為此，他總是會在戰場上一馬當先，將擊倒的星靈使逐一拘束，甚至打算生擒純血種，以此作為人質，逼迫涅比利斯皇廳點頭談和。

「畢竟總得有人扮黑臉嘛……」

對於以支配為目標的帝國上層來說，伊思卡肯定會成為眼中釘吧。

而涅比利斯皇廳自然也會將他視為頭號大敵。

「也罷。師父也說過，這麼做肯定會招致『雙方』敵視，所以要他做好覺悟啊。」

將黑鋼星劍收回劍鞘的伊思卡回過身。自師父手中繼承了星劍的那一刻起，他就對此做足了覺悟。

「話說回來，隊長，該怎麼處置這些星靈使？」

「嗯——……老實說，我很想立刻逮捕他們，但前線的狀況十分危急呢。」

米司蜜絲隊長環視著倒臥不起的星靈使們。

「帶到戰略基地的小隊那裡去吧。音音，拜託妳了。」

「瞭解——那我這就聯絡去嘍。拘束用的手銬應該也收在車子的後頭才對。但現在車子還在燒，不曉得能不能取出來呢。」

音音將腳尖轉向包覆在火舌之中的軍車。

機工士少女在踏出第一步之後——她的腳掌前方驀地傳來了劇烈的轟鳴聲。

「呃……呀啊？」

米司蜜絲輕呼了一聲，倒向一旁。

這巨大的聲響甚至比音音先前的砲擊更為響亮，而地面也慢慢地向上隆起。

……是地震嗎？不、不對？

……這毫無規律的地底震動是怎麼回事？

簡直像是有東西正鑽著地底前進。

「可不能讓你們帶走他們。」

穿過林木縫隙傳來的，是少女的嗓聲。

其中蘊含著憤怒的情緒。

「他們是我涅比利斯引以為豪的同志。帝國的走狗，少碰他們。」

樹海的地面向上隆起。大量的沙土像是擁有意識似的化為人類外型的雕像，彷彿在守護倒地的星靈使們般擋在前方。

「……是土之星靈？」

「……是巨人像(Golem)啊。而且形成的速度還挺快的。」

音音的話聲和陣的咕噥聲接連傳來。

「真是奇怪。看上去只是支平凡無奇的小隊，是怎麼在我趕到之前撂倒星靈部隊的？」

土之巨人像(Golem)揮倒林木，現出身形。

站在它肩頭上的，是將亮茶色頭髮綁成左右兩束的少女。

她身上穿的並非涅比利斯皇廳的星靈部隊制服，而是罩了一件像是女性傭人會穿的圍裙，以及下襬長到幾乎觸地的長裙。

乍看之下，那實在不像是戰鬥用的服裝。不過……

「呼吸吧。」

少女的喚聲令大地撼動，遮住了灑在伊思卡身上的陽光——第二隻巨人像(Golem)現身了。它巨大的拳頭瞄準伊思卡的頭頂，重重地砸了下來。

「先收拾一個。」

「阿伊？」

大地被打出一個陷坑。視野被炸成碎屑的尼烏路卡樹樹根覆蓋，伴隨著「劈啪」聲響，揮落在地的巨人像(Golem)之拳驀地迸出龜裂。

「——隊長。」

巨人之拳發出啪啦啪啦的聲響碎裂開來。

伊思卡手握黑鋼之劍，瞬間破壞了巨人的手掌，並與搭在巨人像(Golem)肩膀上的星靈使少女遙遙相望。

「這裡就由我斷後。請帶著陣和音音前往會合地點，以救援為第一優先。」

「咦……可是……」

「對方是相當強大的星靈使，就算四人一起上，也只會浪費多餘的時間罷了。」

他背對三人，握著一雙對劍擺出架勢。

而部隊長很快地做出決定。

「我、我知道了。你要小心！」

她用力地蹬著小巧的腳掌衝出，音音和陣也追了上去。看似寄宿了土之星靈的星靈使，並沒有將那三人放在眼裡。

「妳不追嗎？」

「當然會追了。等將你收拾掉，並救走同胞之後，我就會慢慢料理他們。」

少女的語氣和目光都相當冰冷。

她對帝國的一介士兵所展露的態度，正如過去讓帝國全土驚懼排斥的魔女化身。

「擁有斬斷巨人(Golem)像拳頭的技術啊。原來如此，所以你自認有能耐拖住我嗎？」

「是又如何？」

「少自以為是了，雜兵。」

一道氣息自身後隱隱傳來。

伊思卡回頭一看，只見拳頭出現在眼前——那正是剛剛才被自己擊碎的巨人之拳。

「妳讓拳頭復原了？」

「這是泥土製成的。只要再次結合的命令沒中斷，巨人像(Golem)便足以被視為擁有不死之身的士兵。」

然而，伊思卡之所以會睜大雙眼的理由並不在此。

而是因為復原的速度太過迅速。

只要以土之星靈進行干涉，要修復巨人的部位確實可行。但就現實層面來說，這絕非能一語帶過的輕鬆之舉。

……在遠距離操作的狀態下，竟能讓大量沙土的運作加速到如此地步。

……無論是星靈本身的強度，還是星靈使本身的熟練度之高，都不是泛泛之輩！

巨人之拳拂掠伊思卡的瀏海，削過半空——他在千鈞一髮之際躲過後向後一跳。看到伊思卡那驚人的身法，魔女皺起了端正的臉龐。

「看你的動作，你似乎很習慣面對星靈的攻擊啊。難道說你是使徒聖……帝國的最強戰力嗎？」

「我不過是一介士兵罷了。」

他藉著跳躍的力道朝巨木的樹幹一踢，抹去附著在鞋底的泥濘。

「真是嚇了我一跳，想不到居然能在那一瞬間將地面化為泥地呢。」

少女不只是在操控土之巨人像（Golem）。在剛剛的那一瞬間，她甚至還將伊思卡的腳下化為泥濘，企圖封住他的動作。

趁著敵人（伊思卡）動彈不得的瞬間讓巨人像（Golem）的拳頭擊上對方——

她的計畫相當完美，但唯一的失算，大概就是伊思卡那超乎常人的體術吧。即使被纏住腳底的泥土限制動作，伊思卡的衝刺仍凌駕了巨人像（Golem）的速度。

「我有件事要問妳。」

伊思卡隔著化為泥沼的地面，與土之星靈使少女展開對峙。

「雖然我覺得應該不是這麼回事——不過，妳就是人稱冰禍魔女的星靈使嗎？」

「……呵。」

少女以嘲笑回應他。

「隨你怎麼想吧。」

地面宛如生物般蠕動起來。是第三隻巨人像（Golem）嗎——伊思卡雖然擺出架勢，但與他的預感相反，某種與巨人像（Golem）截然不同的物體穿出地面飛射而來。

——是土之標槍。

數十支銳利的投擲武器，以驚人的勁勢自地下穿出。

「呼！」

伊思卡用力一蹬，躍上了比巨人像(Golem)的頭部更高的半空，向後翻身，以右手的星劍一鼓作氣掃開襲來的標槍。

僅僅揮出了一劍。

面對無數上衝的標槍，他在轉瞬間看出了會刺中自己的標槍，並以黑鋼之劍一擊將之全數斬落。

「……竟然砍斷了星靈術？」

魔女的說話聲中帶了些困惑。

以星靈造出的土之標槍儘管看似粗糙，但事實上標槍與將土壤硬化製成的巨人像(Golem)不同，乃是加固土中的礦物所製成的超硬度金屬塊。若是輕忽大意，以為標槍的硬度和巨人像(Golem)相同，那槍尖肯定能輕易地貫穿伊思卡的身體吧。

然而，他卻一刀劈斷了這樣的標槍。

而且這絕非單純的破壞，而是留下了斷面，甚至可以用美技來形容的一刀兩斷。

「你這傢伙……那把劍是什麼東西？」

「──『星劍』。」

掌握帝國最高權力的八大使徒之所以會看上伊思卡這名士兵──

除了伊思卡確實是一名身懷絕技的劍士之外，便是著眼於伊思卡自師父手中繼承的雙劍。

「黑之星劍擁有『將星阻絕』的力量。只要斬擊的位置和時機正確，就能讓所有的星靈干涉受到阻絕。」

「阻絕星靈的干涉……？呵，你以為這種胡謅的話語騙得過我嗎？要是真有這種東西，帝國早就量產到國土的每一個角落了。」

「這是量產不來的。這劍是唯一的真品。」

「而這東西竟然落在一介部隊小兵手中？」

「這並非帝國配發的物品，而是教我劍術的師父贈與我的。」

「…………」

少女以顧忌的眼神俯視著一對星劍。

雖然難以相信，但對方並沒有說謊——少女大概是從伊思卡的雙眼中讀出這層訊息了吧。因此，她開口問道：

「『既然如此，與這把黑劍成對的白劍又有什麼效果』？」

「妳真敏銳呢。」

對於星靈使少女的洞察力，伊思卡坦率地給予讚美。

「我不打算回答這個問題——哦，但若是有交換條件倒也不是不行。妳如果願意供出那個叫冰禍魔女的星靈使去處，告訴妳倒也無妨。」

「……住口，你這雜兵！」

少女挑起一邊的眉毛，大大地張開小巧的唇咆哮：

「我絕不允許讓你這種貨色出現在那位大人的視野之中！」

「就知道妳會這麼說呢。」

伊思卡抖落附著在刀刃上的泥土，對準土之星靈使少女疾衝而出。

「不過，我找那個冰禍魔女有點事。」

「……少開玩笑了！」

少女依舊懷抱自信。

「只憑一把劍，看你還能撐上多久！」

巨人像(Golem)的身體崩碎，化為無數沙土。

沙土接著在空中凝縮，化為和先前相同的土之標槍，朝著伊思卡的頭頂撒落。然而，伊思卡卻看都沒看一眼，便以黑鋼之劍將標槍彈了回去。

他並沒有斬斷標槍。

反而像是刻意瞄準星靈使少女似的，將標槍彈射回去。

「這怎麼可能？」

被稱作魔女的少女從巨人像(Golem)肩上跳了下來。趁著她顧著閃躲擦過臉頰的標槍之際，伊思卡拉近了敵我之間的距離。

「太慢了。」

在少女轉過身子的同時，伊思卡已經繞到她的身前，將劍刃直指她的脖頸。

「……咕！你這傢伙，到底是什麼來頭？」

臉頰因屈辱和驚愕而染紅的少女，用力咬住了嘴唇。

她的身高比伊思卡還要矮上一點。與先前遠遠對峙時給人的印象相比，眼前隨從打扮的少女顯得更為纖細、瘦小。

她大概和自己的年紀差不多吧？

這樣的想法驀地閃過腦海。伊思卡甩開這絲雜念，繼續說道：

「告訴我妳的同伴的所在之處吧。」

「我不說的話，你又有什麼打算？」

魔女輕聲一笑。

「砍了我吧。」

「……砍妳？」

聽到這不在預料範圍的詞彙，伊思卡忍不住反問了一句。

「就砍了我吧。我們星靈使和你這種帝國走狗乃是水火不容的存在。與其淪落為俘虜，還不如一死了之。」

「啊……呃……不……」

「如果真的想逼我說出口，那就看你是想拷問還是將我收監了，隨你高興。」

自己的如意算盤落空了——這是伊思卡當下的想法。

伊思卡的目的只有冰禍魔女一人。就算隨便抓了其他的魔女，恐怕也只會勾起冰禍魔女的警戒心吧。

「怎麼啦？快砍啊！」

「————」

陷入僵局了。看來只能直接直接將她上銬，或是打昏她後引渡給其他部隊了。

就在伊思卡的思考從少女身上挪開的瞬間——

「還真敢在敵人面前別開視線啊……你可是破綻百出呢！」

少女撕裂了自己的裙子。

不對。她的衣服原本就是為了這樣的狀況加以設計過的特殊戰鬥服。

「用布料當障眼法嗎？」

「你以為用劍指著我，我就會怕得顫抖、不敢動彈了嗎？」

少女以撕碎的裙子布料纏住伊思卡的劍刃，並以剩餘的布料遮蔽了他的視野。

器。

「我既是愛麗絲大人的隨從，亦是護衛，像這種肉搏戰也在我的技術範圍之內。」

在撕去多餘的布料後，少女身上的衣服變成了迷你裙。

握在她手裡的是一把折疊式的短劍。與戰場格格不入的長裙底下，藏著繫在大腿綁帶上的暗器。

「消失吧！」

她揮舞手中短劍，以銳利的凶刃撕裂布匹，斬向少年——

然後……

「…………呃」

隨從少女的臉龐狠狠地撞上地面，雙手遭到反制。

「……這怎麼……可能？」

「我差點就輕忽大意了呢。妳是用防刃纖維製的裙子纏住我的劍，並在封住我視野的狀態下以暗器反擊啊。真沒想到星靈使之中，還有像妳這種學過暗殺術的戰士耶。」

根本不明白自己是什麼時候受到壓制的——伊思卡對著呆若木雞的少女肩膀施力下壓，重重地呼了一口氣。

「原來星靈使也會用武器戰鬥啊。」

「……明明就是超乎預料的突襲，你卻能不當一回事地見招拆招，甚至還將我壓制在地，你究竟是什麼人？」

嘰——魔女少女用力咬住了臼齒。

「我把剛剛的問題換一下。妳方才提到自己是『愛麗絲大人的隨從』，所以那個愛麗絲是誰？」

「……嗚！」

少女的表情為之一變。

「那該不會就是冰禍——」

「『是本小姐的名字』。」

這並非眼前的少女所發出的聲音。

那會是誰？對來自背後的說話聲有所反應的伊思卡正準備回頭——

……戰慄。

這是過去不曾經歷過的狀況——從背上的寒意明確感受到這一點的伊思卡當機立斷，用力跳了起來。

「本小姐就讓你開開眼界，用你的身子好好體會吧。」

——「大冰禍」——

劈哩！

大氣、巨樹和地面——視野裡的一切都覆上了一層帶有魔幻氣息的白霧。

動態視力在捕捉完這一瞬間的光景後，伊思卡眼前的「世界」登時被綻放著亮藍色的寒冷冰塊所封住。

「好痛！」

脖子和手臂感受到一股劇烈的大規模寒流。猛地遭受混有冰雪的寒風吹拂，他的手腳登時猛烈顫抖了起來。

……明明都跳到這麼高的半空迴避，居然還這麼冷？

……地上到底已經冷到什麼地步了？

唰——踏在冰上的腳步聲響徹四方。

站在由樹海轉化而成的冰丘上頭的，是一名身穿王袍（禮服）的少女。她雖然以裝飾華麗的頭紗遮住臉龐，聲音卻出奇地年輕。

「燐，妳沒受傷吧？」

「愛麗絲大人！」

隨從魔女仰望著被她稱為愛麗絲的少女。

她的表情和聲音變得相當開朗，與和伊思卡對峙時判若兩人。若只是一般的星靈使援軍，肯定不會讓她露出如此欣喜的反應吧。

——無可撼動的崇敬和信任。

——無論遭遇到何種困境和絕望，只要有這位主君出手，就一定能化險為夷——她臉上的表情訴說了這樣的想法。

伊思卡在「冰」上著地。

「……這是在開玩笑吧。」

呼出的氣息在轉瞬間成了閃耀著白光的冰塊。

眼前所見的地面全都覆上一層冰雪，就連周遭的巨樹和樹叢，以及映入視野的所有東西，都毫無例外地結了一層冰霜。

宛如重現冰河期的生態，而且僅在伊思卡跳上空中迴避的短短幾秒之間便完成。究竟得放出多麼強大的寒氣，才能造就眼前的光景？

……要是那時候來不及跳起來……

……我也會在束手無策的狀態下被封在冰塊之中呢。

「愛麗絲大人，請您留心。雖然不曉得用了何種機關，但那名男子的劍似乎可以阻絕星靈，並斬斷星靈術。」

「謝謝妳，燐。但那只是細微末節的小事吧。」

「咦？」

「倘若剛剛的招式有奏效，不管用的是什麼劍都不要緊了。真虧你躲得開呀。」

新現身的魔女在摸了摸名為燐的少女的頭頂後，將臉轉向伊思卡。

——她身上的王袍（禮服）充滿美麗的裝飾。

——遮住臉孔的簾狀頭紗也顯得珠光寶氣。

雖說和名為燐的少女有些不同，但她的穿著也和戰場顯得格格不入。無論是過於搶眼的服裝或是刻意遮住臉孔的頭紗皆然。

畢竟這等同於主動宣示自己是涅比利斯皇廳的重要人物。

「不過結果來說相當不錯。燐，多虧妳爭取時間。」

「妳說時間？」

「本小姐的身後有什麼東西呢？」

身穿王袍（禮服）的少女指向自己的身後。

朝著遠處看去，位於全被凍結的樹海後方的物體是——

「……是動力爐？」

映入伊思卡眼裡的，是被巨大冰塊包覆、凍結的動力爐。

即使距離此地相當遙遠，只能隱約看出輪廓，卻還是能以肉眼看得一清二楚。

這是因為那座粗獷而威武的兵器動力爐，如今卻宛如水晶一般，形成了有稜有角的巨大冰柱，反射著陽光發出光輝。

而被冰封的動力爐——

「粉碎吧。」

在王袍（禮服）少女的一聲令下，像是遭到重物踩踏似的扭曲歪斜，最後隨著崩毀時發出的巨響，化為一堆碎裂的破銅爛鐵。

「……打從一開始就是以這個為目的嗎？」

伊思卡暗自感到有些後悔。

米司蜜絲、陣和音音所趕赴的前線正與星靈部隊交戰。而伊思卡所在的位置，則是位於前往救援的中間地點。

然而，敵方的目的卻是直取基地。

「妳打算孤身一人攻打帝國的戰略基地嗎？」

「有什麼問題嗎？」

她身上的王袍（禮服）別說是損傷了，就連一點塵埃都沒沾上。

帝國基地照理說有防衛部隊駐防。而在目擊魔女現身後，就算將她團團包圍，施以槍林彈雨也是不足為奇。然而……

「哦，不過問題確實是存在呢。那個問題就是你。」

蘊含著冰冷敵意的視線，穿透散發神祕氛圍的頭紗射了過來。

「照原訂計畫，本小姐打算在那個據點抓個一百人作為俘虜，並搶走最新武器好好解析，卻功虧一簣。畢竟要不是我急忙折返，燐就要落入你們手裡了呢。」

「——」

「你到底是什麼人？不是使徒聖的人類，居然能將燐壓制至此。」

面對星靈使少女的發問……

伊思卡所選擇的回應，幾乎等同於向對方宣戰。

「我是為了生擒妳而來的。」

「生擒我？你以為自己是在對誰說話？倘若不想體會生不如死的冰雪之痛，反倒是本小姐要勸你——」

「妳投降吧。」

「你該投降了。」

在閃耀著白色光芒的世界之中……

手握雙劍的少年與身披華麗王袍(禮服)的少女同聲說道。

「……帝國的劍士，你不妨報上名來？」

「伊思卡。」

握著一對雙劍的伊思卡老實地回答。

若身為使徒聖，遭敵方得知名字就會有被查閱過去戰鬥資料的風險，但伊思卡並沒有這方面的顧慮。

「妳是誰？」

「愛麗絲莉潔・露・涅比利斯九世。你應該已經發現到了吧？被帝國稱為『冰禍魔女』的星靈使，就是本小姐喲。」

少女站在冰之丘上。

即使頭紗遮住了面貌，響徹樹海的說話聲仍是那麼昂然通透；散發出來的清廉氣息，也讓人不禁認為她是一名高潔的少女。

「你只憑一個人，就把涅比利斯的星靈部隊打得毫無還手之力？」

「妳就這麼孤身一人摧毀了帝國的兵器動力爐？」

兩人同時對彼此開口道。

「……沒錯。」

伊思卡點了點頭。在離他稍遠之處，失去意識的兩名星靈使依然沉睡不起。

「你是什麼人？既非隸屬於天帝直屬護衛——『使徒聖』，也不是部隊隊長，而是一介士兵，那究竟是怎麼在與涅比利斯星靈部隊的對陣之中占盡上風的？」

「這才是我想問的。不僅隻身一人就踏入了敵方據點之中，還能突破防線，摧毀動力爐……一般的星靈使可沒這種本事。」

樹海被寒氣與冰雪深深凍結，讓人聯想起遠古的冰河期。

而在樹海後方，則看得見被徹底搗毀的巨大兵器動力爐。以鋼鐵打造的裝甲也承受不住超低溫和冰雪的壓力，碎成一團廢鐵。

……這就是冰禍魔女。

……這的確說不定是自己頭一次見識到如此大規模的星靈術。

與其他的星靈使的層級完全不同。即使找來十個同樣使用冰系的星靈使，恐怕也生不出相同規模的寒氣吧。

不過也因為如此，伊思卡得以肯定。

寄宿了這般強大星靈的冰禍魔女，絕對就是涅比利斯王家的血脈。不僅如此，還是極為接近現任涅比利斯女王的身分。

「妳究竟是何許人也？」

「你到底是何方神聖？」

由機械運作的理想鄉「帝國」精心鍛造的王牌──黑鋼後繼伊思卡。

生於魔女樂園「涅比利斯皇廳」的最高階魔女──冰禍魔女愛麗絲。

兩人同時展開行動。

「牆壁啊，壓碎吧！」

愛麗絲喊聲甫落，伊思卡所踩著的冰塊驀地迸出龜裂。

冰之裂縫張開大嘴，夾住了伊思卡的雙腳，同時，自前後左右矗立的冰之壁也朝著伊思卡逼近，欲將他夾成肉泥。

「……被包圍了嗎？」

即使想以劍斬斷，對象的質量也太過巨大。

如此判斷後，伊思卡主動朝著以最快速度逼近的牆壁衝了過去。

「居然主動跳上冰之壁？」

愛麗絲的隨從──燐睜大眼睛喊道。伊思卡則彎著身子，以滑壘的姿勢在冰上滑行。

──目標是兩道冰牆之間的縫隙。

在逼近而來的冰壁四角封死之前，必須衝出範圍之外。

「我就知道你會這麼做。既然能輕鬆放倒燐，當然也躲得開這招吧。」

在藏住面貌的面紗底下，冰禍魔女露出了傲然的微笑。

「『冰禍・千枚棘吹雪』。」

「冰之劍？」

她刻意留下能輕易脫身的空隙，目的是誘導自己？

待數百支閃耀光芒的長劍出現在伊思卡滑行方向的前方時，他才察覺到對手的意圖。

從冰上、從大氣——甚至從凍結的巨樹枝幹上都不斷冒出冰之劍。

對於燐的土之標槍，他是跳上半空躲避的；冰之劍卻像是要包圍伊思卡般在四周浮現。他無路可逃了。

「本小姐全方位地部屬了約千把長劍，躲得過的話就儘管試試吧。」

星靈使少女舉起了手臂。

「貫穿吧。」

冰劍如同驟雨，自伊思卡的頭頂、身側、下方傾注而下。

既無法防禦也無法迴避，這下該怎麼辦？

——那就該二話不說地從正面突破。

伊思卡架著雙劍在冰上疾奔。

「喝！」

伊思卡握緊黑之星劍，橫劍掃蕩瞄準側腹的刀刃。

他隨即讓身體如陀螺般旋轉，雖然察覺到自腳底產生的冰劍一鼓作氣地貫穿了戰鬥服的下襬，但他以毫釐之差躲過了這一擊。

伊思卡繼續前行。

面對從空中出現的冰劍，他揮舞左手的劍將之彈回。

被彈飛的冰劍穿上半空，擊墜了其他的冰劍。在這段期間裡，他橫掃右劍，砍落從眼角餘光射來的冰劍。至於自正後方逼近的冰劍，他則僅憑著肌膚感受到的氣息便悉數打落。

「——上面！」

從視覺死角處產生了冰劍，伊思卡也同時察覺到了。

雙方交鋒發生在不到一秒的時間之後。而在這段過程中，伊思卡甚至沒有回頭看過它一眼。

產生冰劍時，空氣的流動會有些許紊亂。當感受到氣流的變化和冰劍本身的寒氣後，他才在瞬息之間做出反應。

「……還真是教人讚嘆呢。」

以半是傻眼的神情這麼開口的，正是冰禍魔女愛麗絲本人。

「但這麼做可不行。星靈乃是星之意志，拒絕了星靈的帝國兵，豈是本小姐和吾之星靈的對手？」

伊思卡打落的冰之刃總數，想必還不到一百把吧。

光是打下這一百把劍就已是他的極限。伊思卡不僅沒能抵達愛麗絲所站的冰雪之丘，甚至還被逼得後退好幾步。

「唔……」

其中一把沒能及時打掉的冰劍，以劍尖撕裂了伊思卡的右臂。

自手臂傳來的痛楚讓伊思卡的集中力一時潰散。而趁著這個破綻，他的左大腿、側腹、肩膀和各個部位也接連受到刀刃劃傷。

「看來這就是你的極限了呢。」

「『妳錯了』。」

伊思卡手握的白鋼之劍綻放白光。

先前亮在名為燐的隨從眼前的黑鋼星劍，能阻斷各式各樣的星靈之力。而與之成對的另一把劍則是——

「『醒來吧』。」

冰之劍——與呼應了冰禍魔女的星靈所形成之物完全相同的冰之武器，在伊思卡頭頂上方的虛空之中出現，並飛射而出。

「竟然使出和愛麗絲大人相同的星靈術？你這傢伙……那到底是什麼力量！」

「這不是我的力量，而是這把星劍的能力。」

白之星劍所擁有的能力為「星之解放」。

——黑之星劍能斬斷各種星靈術。

——白之星劍則能將黑之星劍最後斬斷的星靈術「再現」一次。

琉璃色的藍光照亮了伊思卡。

那並非愛麗絲所造就的光源，而是伊思卡以黑之星劍阻絕，並以白之星劍再現的術式之光。

「九十七把。白之星劍能將黑之星劍阻絕的分量加以解放。」

「就這點數量能有什麼作為？想抵銷本小姐的星靈術，這點分量可是一點兒也不夠看呢。」

「抵銷？妳猜錯了呢。我這是……」

伊思卡以手背擦拭臉頰上的劃傷，將白之星劍倒插在地。

「是用來抵達妳身邊的。」

九十七把冰之劍——與愛麗絲產生的同形之劍，一一打落了瞄準伊思卡射來的冰之劍。

——與此同時，伊思卡邁步疾奔。

在冰之世界裡。

他朝著立於中心處的冰禍魔女直奔而去。

伊思卡所射出的冰劍雖然仍不足夠抵銷愛麗絲的星靈術，但足夠為他爭取到全力衝刺數秒的時間。

「愛麗絲大人！」

察覺到伊思卡目的的燐，反射性地呼喚主君之名。

伊思卡衝上了冰雪之丘。面對他駭人的加速疾跑，原本悠然而立的愛麗絲，也在這時首次擺出架勢。

「挺好的一著……本小姐很想這麼稱讚你，但依舊沒用喲。」

她伸直右臂，打了個響指。

隨著「鏗」的一聲，一面巧奪天工的美麗鏡盾自她的腳底驀然豎立。

「『冰花』。」

一聲鏗然巨響，在樹海之間不斷迴盪。

「好硬！」

劈下長劍的伊思卡不禁表情扭曲。

在愛麗絲面前綻放的大朵冰花，竟然擋下了伊思卡的星劍。這明明應該是能阻絕各種星靈術，就連鋼鐵也可以輕易斬斷的刀刃才對。

「這是無敵的盾牌喲。甚至連帝國大規模破壞兵器的火力都能封殺呢。」

「……原來是可攻可守的萬能招式啊。」

「沒錯。所以說，你差不多該放棄了！」

巨大冰花所釋出的寒氣，將伊思卡轟上半空。

算準他的著地點，愛麗絲設置了無數冰劍。然而——對於八大使徒之所以願意將僅此一對的星劍寄放在伊思卡手邊的理由，愛麗絲依舊抱持著輕視的態度。

她輕視了有黑鋼後繼之名的少年的「執念」。

「……妳……叫我……放棄？」

即使被轟到上空，伊思卡仍咬緊嘴唇，發出話語：

「要是在此放棄，那還有誰能阻止這場戰爭啊！」

「——咦？」

在愛麗絲和燐分心仰望的瞬間，伊思卡將雙手的星劍插入眼前的巨樹樹幹。

星劍深深地沒入了凍結的樹幹之中。

他以樹幹作為立足點，憑著蹬牆跳躍的要領縱身一躍，隨即跳到一旁的林木之間，高速飛竄。

這超人般的高速移動，讓愛麗絲一瞬間看丟了伊思卡的身影。這時，伊思卡跳過了冰花這面無敵之盾，於愛麗絲的身後著地。

「什麼？」

以冰禍魔女之名受人畏懼的少女，在發出驚愕尖叫聲的同時回過身。

「藤蔓啊，拘束吧！」

冰之藤蔓纏上了高舉長劍的伊思卡腳掌。這是從伊思卡著地的冰土竄生而出的藤蔓。

「真是個纏人的傢伙……！快點投降，要不就快點倒下吧！」

「這是我要說的！」

在冰之藤蔓纏上全身之前，他將藤蔓斬斷開來。

而在這段期間──

星靈使少女逃出了登上冰雪之丘的伊思卡的攻擊範圍。

「……愛麗絲大人居然退後了？」

燐以無法置信神情凝望著眼前的光景。

在伊思卡斬斷冰之藤蔓的期間，追擊的手段要多少有多少。然而，愛麗絲卻不惜捨棄主動出手的優勢，選擇拉開距離。

——她在害怕。

——害怕追擊不成反被截擊的下場。

火候不夠的攻擊是傷不了這名劍士的。他能以超越人類的動作閃躲攻擊，只要一有破綻，便會鎖定敵方的喉嚨直撲而至。因此，她選擇了後退。

「真是愚蠢呀。」

面紗底下的嘴唇滲出了白亮的吐息。

「愚蠢？」

「本小姐是在說你。」

愛麗絲在冰雪之丘上俯視著伊思卡。

「本小姐好幾次認為勝券在握，但你總是頑強地活了下來，還像隻野獸般不斷來襲……所以我才會說你愚蠢呀。老是將我們說成魔女、魔人，但你更像是非人之獸吧？」

「……這是在說我嗎？」

伊思卡擦著額上冒出的汗水這麼回答。

除了足以將整片樹海凍結的寒氣之外，還有恐怕能殲滅帝國大部隊的無數冰劍。

不僅擁有能輕易摧毀一座都市的攻擊力，來自伊思卡的攻擊更會被無敵的冰花阻卻。

「非人的部分是彼此彼此吧？」

「就當作你是在稱讚我了。但我可沒有撤退的打算。本小姐打垮你們帝國、統一世界的野心，絕不容許任何人阻擾！」

「……統一世界？」

「那是既無侵略、亦無迫害的永恆和平──你應該無法理解吧？」

或許是對伊思卡的反應感到意外吧，少女以一副不吐不快的神情挺起了胸膛。

「沒錯。而本小姐正是涅比利斯皇廳的王位繼承者愛麗絲莉潔──咦、呀啊啊啊啊啊啊啊啊？」

就在她抬頭挺胸向前跨上一步時……

魔女少女的腳尖踢到了突起的冰塊，就這麼發出慘叫，摔了一跤。

「不要啊啊啊啊啊啊啊啊？」

「嗚哇！」

星靈使少女順著冰雪之丘滑落而下。

而伊思卡則是──

「……好痛好痛。」

「妳、妳還好吧？」

反射性地接住了順著冰之坡道滑下來的少女。

「嗯，我沒事，謝謝……呃、你、你你你在做什麼呀？」

「……不小心就……」

反射性地幫了妳。

這句話的後半段，伊思卡怎樣也無法好好說出口。

這是因為冰禍魔女正抱在他的懷裡。而原本遮掩著臉孔的頭紗，也在摔落的過程中掉了下來。

「——咦？」

也許是察覺到這樣的事實，愛麗絲伸手摸起自己的臉孔。

少女的真面目顯露而出。

那是一張美若天仙的端麗樣貌。

端正的五官呈現出凜然的表情，她的睫毛長而豔麗，嘴唇呈淡淡的紅色。縱使是童話故事裡的公主，在少女這張清秀可人的臉蛋面前，恐怕也要遜色幾分。

「…………」

在冰之世界裡，兩人的時間像是被停止了一般，彼此對視好一會兒——

「唔！『你看到了吧』？」

先回過神來的是星靈使少女。她撥開伊思卡的手向後退去，宛如威嚇般伸出手臂。

「本小姐的樣貌絕不能傳到帝國之中！我這下可不會手下留情了！」

嘰——星靈使少女咬緊牙關，瞪了過來。

「就在這裡分出——」

「伊思卡哥！」

這時，同伴的說話聲從遠方傳了過來。

「音音？」

「阿伊！這、這冰塊是怎麼回事？」

接著是隊長米司蜜絲的聲音：

「難道說冰禍魔女就在附近？阿陣，音音小妹，你們也要小心點。不曉得敵人會躲藏在哪裡咿咿咿咿咿咿？」

「在冰上跑步會摔倒喔——我還來不及說就滑倒了啊，這個隊長到底是怎麼當的……」

再來是陣以傻眼的口吻道出的說話聲，以及腳步聲。由於樹海遭到冰封，以至於視野變得相當糟糕，但部隊的同伴們很快就會回到這裡。

察覺到他們的氣息後——

「……燐，我們撤退。」

「這、這樣好嗎，愛麗絲大人？此人該如何處置？」

「動力爐已經順利破壞掉了。得知敵方有援兵後若還是堅持不走，可是會有危險的。」

兩名魔女衝上了冰雪之丘。

燐所造出的土之巨人像(Golem)抱住了星靈使部下們，兩人則是跳上從樹海上空俯衝而至的怪鳥背部。

「你說你叫伊思卡是吧？」

不曾被帝國人見過的真面目遭到揭穿的恥辱，讓涅比利斯皇廳的少女公主紅著臉龐轉頭說道：

「本小姐今天就放你一馬，可別以為下次還能死裡逃生！」

鳥兒拍打翅膀的巨響在樹海迴盪。

伊思卡目送怪鳥和兩名少女消失在天際之中。

「阿————伊！太好了你平安無事吧？」

「哇、隊長？」

發現自己(伊思卡)的身影後，娃娃臉的隊長一鼓作氣地撲抱了上來。

「人家好擔心你喔。沒事嗎？有受傷嗎？」

「……如果知道對方可能有受傷，就不該撲抱上來吧。」

另一方面……

音音和陣則是仰望出現在眼前的冰雪之丘，嘆了口氣。

「這是什麼呀？欸，陣哥，這真的是星靈術嗎？」

「看來一如傳聞，是個超凡的星靈使呢。這感覺根本像是冰河期過境一般，就連我們與前線部隊會合的地點，也有冰塊擠壓過來啊。」

「……誠如你們所見。」

環視被冰封的樹海後，伊思卡聳了聳肩。

「上次在與星靈使交手時受傷是多久以前的事啦？是說，傷口記得要消毒喔。」

「對、對呀阿伊。要是不包紮會有細菌跑進去的！」

「好的。」

噗通、噗通——伊思卡在感受到胸口猛烈跳動的同時點了點頭。

……這股悸動是怎麼回事？

……是戰鬥太緊張造成的嗎？真奇怪，我至今都沒有過這種狀況啊。

或許是戰鬥時的緊張尚未緩解，抑或是出於其他的原因吧。伊思卡就在沒能明白原因的狀況下結束了戰鬥——

Chapter.2　「我／本小姐所遇見的人是——」

1

單一要塞領域「天帝國」——

俗稱「帝國」。

其首都——帝都詠梅倫根是世上人口最多的都市，其中大致分成三個管理區。

第一管理區為政治設施和研究機構的集散地。

由執掌政策全權的八大使徒開設議會，決定帝國的一切方針。

第二管理區為居住區。

也是百分之七十的帝國之民所生活的區域。傲視全球的繁華街比鄰住宅區，位於帝國領地外的「中立都市」每天亦有大量居民前來觀光。

至於第三管理區則是軍事據點。

除了兵工廠——製造由第一管理區研發出來的兵器之外，還有負責測試兵器效能的大型演習場，也設立了帝國士兵的宿舍。

「還真是很久沒有在這間房裡睡覺了呢……」

帝國宿舍03大樓，一樓最底側的房間——

在這間從十二歲開始待起的起居處裡，伊思卡自這天午後就一直躺在地板上仰望天花板。也許是以部隊士兵的身分長期在野外露營的影響，對他來說，比起柔軟的床鋪，還是堅硬的地板躺起來更舒服。

「……我卻完全睡不著啊。」

儘管有睏意，但大腦與身體的疲憊相反，顯得相當清醒。

自尼烏路卡樹海歸來已經過了兩天。

明明現在是在下一次作戰之間的休息時間，然而他卻完全不想睡。

「被帝國稱爲『冰禍魔女』的星靈使，就是本小姐喲。」

他能想到的理由是——冰禍魔女愛麗絲莉潔。

她的每一式星靈術都有著翻天覆地的規模。而隻身一人就能蹂躪帝國據點的本事，也讓人明白八大使徒會對她提防至此的理由。

「……是因為這樣嗎？」

她在脫下面罩後所展露出來的臉孔，一直在伊思卡的腦海裡揮之不去。

符合涅比利斯皇廳的王牌之名的強大星靈使，卻有著美若天仙的可愛容貌。她的年紀，是不是和自己差不多呢？

「不行不行，得把這些想法抽離腦海才行！」

雜念會令思考變得遲鈍。下一次任務的指令很快就會下達吧，為了能讓自己完全進入狀況，現在應該是得好好休息的時間才對。

「阿伊，你在嗎？」

門鈴聲響起。

與此同時，從房門外傳來了有些稚嫩的說話聲。

「米司蜜絲隊長？」

伊思卡順著這道說話聲打開房門。

一如預期，嬌小的娃娃臉女性隊長正站在門口。

「人家很在意阿伊怎麼了呢……喏，你不是一直關在房間裡嗎？看你一直沒出門，就連音音小妹也很擔心呢。」

「我沒事，只是有點輾轉難眠而已。」

「不過，阿伊，你回來之後就看起來一直有心事耶，而且也對著牆壁發呆過吧？」

米司蜜絲有些不安地抬眼凝視著伊思卡。

「那個……嗯，人家……平常老是扮演不好隊長的角色，所以至少想聽聽部下的煩惱分擔心事。人家覺得如果你願意說，心情應該也會好轉一些嘛。」

「所以妳才特別跑來這裡？」

他俯視難得穿著便服的米司蜜絲。

米司蜜絲身穿繡有可愛小貓拼布的襯衫，以及很孩子氣的三層蛋糕裙，看起來相當輕便。但也是因為今天是珍貴的假日，她才會這麼打扮吧。

即使如此，她還是用上了寶貴的休假時間過來找自己。

……真的是。

……只能對這個人甘拜下風呢。

她身為士兵的本領並不出色，隊長的成績查核也總是低空飛過。但伊思卡等人之所以會將米司蜜絲視為隊長景仰，正是因為那纖細體貼的個性。她總是能第一個察覺部下們的心情變化，並出聲關切。

好想跟著這名隊長一同作戰——她具備著能讓人產生這種念頭的魅力。

「喏，我果然沒說錯。阿伊，我就知道你會露出一臉五味雜陳的表情！」

「我有嗎？」

「有喔有喔！喏，快對姊姊我從實招來！不過，人家能想到的，也就只有尼烏路卡樹海的任務就是了。」

女隊長睜大雙眼仰望伊思卡。

「發生了……什麼事嗎？」

「……那次的戰鬥一直在我腦海裡縈繞不去。」

「你是指冰禍魔女嗎？那場戰鬥，最後算是平手收場吧？」

「……我那時陷入了渾然忘我的狀態。」

當時的他已經看不清是哪一方占有優勢。由於單純以蠻力過招明顯無法摺倒對手，因此雙方的對戰昇華到迫使對方露出破綻的戰術層級。伊思卡認為，自己甚至像是參與了一場一流桌上遊戲的心理戰。

甚至連自己占有優勢的想法，都會忍不住再次懷疑是否為對手設下的陷阱。對於伊思卡來說，這樣的星靈使確實是首次見到的存在。

然而……

這真的是自己無法好好入眠的理由嗎？

「啊，還有——」

「還有？」

「…………不，沒什麼事。」

他把跑到嘴邊的話語硬是吞回了喉嚨。

「冰禍魔女的眞面目，是個非常漂亮的女孩子。」

這是他說不出口的話語。

……畢竟這應該不至於構成自己輾轉難眠的理由……大概吧。

……要是說出這番話，惹得米司蜜絲隊長以奇異的眼光看待，那可就太丟臉了。

「阿伊，那說不定形成了你的心傷呢。」

「您是指心靈創傷（Trauma）嗎？」

「嗯，那是因為經歷激戰，使得傷痛和恐懼讓心靈受創的狀態。帝國的部隊之中，有不少人患有這樣的精神疾病呢。畢竟你和那個冰禍魔女交手過，就算會變成那樣也不會太奇怪……」

也許無法勝過對方——這是伊思卡首次遭遇會讓他萌生這種想法的強敵。或許這一戰，使對於戰鬥的恐懼植入了伊思卡的心底。

就客觀的判斷來說，米司蜜絲的這套分析應該算是相當正確吧。

但真是如此嗎？這真的是真正的理由嗎？讓伊思卡惱火的是，他甚至不明白在胸口竄動的思緒來由。

「唔嗯——但要怎麼做才能治好呢？要是症狀嚴重，還是要去看個醫生喔。」

嬌小的女隊長露出了煩惱的神色交抱雙臂。

「就人家的狀況來說，一旦有煩心的事，我就會去吃頓燒肉睡個大覺，之後就會恢復精神了。要去吃燒肉嗎？」

「不，我目前沒那個心情……」

「也是呢——雖然人家是覺得時間一久就會自然痊癒，不過如果能找個方法轉換心情就好了……啊，對了！阿伊，過來過來！」

原本站在房門旁的米司蜜絲，驀地轉過身小跑步了起來。

「人家要給阿伊一個好東西，跟我來吧。」

帝國宿舍01大樓。

在貼了可愛兔子貼紙的房門面前，伊思卡忍不住睜大眼睛。

「這應該是隊長的房間吧？」

「對呀對呀。房間雖然有點亂，但你還是進來吧。」

鋪了暖色系地毯的客廳裡，散放著好幾個布偶娃娃。置放在桌上的馬克杯也是印有小狗圖樣的兒童用品。

「您的動物收藏品又增加了呢。」

「嘻嘻──怎麼樣？可愛吧？」

「是呀。那個……不過，該怎麼說，關於那個……」

那個吊在天花板上的東西──對於光明正大地將洗好的衣物吊在房間中央的光景，伊思卡只能有話難說地挪開視線。

「對眼睛不是很好。」

「咦？哪個對眼睛──不、不要看啊啊啊啊啊啊啊？」

忘了將洗好的內衣吊在房裡的妙齡淑女，慌慌張張地舉起雙手遮蔽伊思卡的視線。

「你、你誤會了阿伊！不是那樣的，那只是出於一點點的好奇心！畢竟周遭的朋友們都交了男朋友，所以人家也想長得高一點啦。這只是女生想挑戰款式有些成熟的內衣的心情啦，你可千萬不要誤會了！」

「我不懂您在說什麼啦。」

「……咳、咳咳！總而言之。」

米司蜜絲迅速地藏起吊在房裡的內衣。

「關於剛剛的話題呀，人家認為窩在房間裡也不是好事，還是要下定決心出去走走比較好喲。所以說呢──鏘鏘！」

她將放在桌上的一張票券高高地舉起。

「來，去看這個打起精神吧。」

「……歌劇入場券？上面寫的好像是『女騎士貝翠絲的悲戀』啊。」

「沒錯沒錯。這是中立都市每年都會上演的戲碼。人家因為太喜歡這齣戲劇了，所以買了十張一組的套票看了九次，但今年大概是沒機會去看了，所以這張就給阿伊嘍。」

「咦？可是要什麼時候去——」

「趁著下一次的任務還沒來之前去吧。如果沒什麼想法，明天去也可以吧？」

女隊長胸有成竹地挺胸說道：

「這可是非——常棒的一齣戲喔，人家覺得你一定可以轉換心情。這可是隊長命令喔。」

「……是隊長命令啊……」

伊思卡凝視著接到手裡的票券，用力地點了點頭。

＝

白色蒸氣裊裊升起。

打造成獅頭造型的出水口，將乳白色的熱泉注滿了浴池，形形色色的花瓣和香草則是漂浮在水面上頭。

冒著白煙的大浴池，想必能容納二十人的人數吧。浴池旁準備了冰涼的冷池，更後方甚至還有充斥著蒸氣的桑拿室。

……啪嚓。

看似隨從的少女走在被水濺濕的磁磚上頭。

「愛麗絲大人，您還在泡澡嗎？」

這裡是涅比利斯王宮。

對於燐迴盪在大澡堂的說話聲，愛麗絲睜開緊閉的眼瞼，抬起原本泡在水面上的臉龐。

「是否該出浴了呢？現在已是就寢時間了。」

「……我不睏。」

「您昨晚也是這麼說的。您之前從戰場回來時，不都是累到連飯也不吃，直接去休息了嗎？」

「因為本小姐真的不睏呀。」

她將半張臉沉到了池子裡。

那個地方記得是叫尼烏路卡吧？自己和燐一同出馬，遵照母親──涅比利斯女王的命令，破壞了帝國的兵器動力爐。

作戰執行得非常完美，連一項失誤都沒犯。

……明明是這樣才對。

……但為何那個劍士的身影總是在腦袋裡揮之不去？

而她也很清楚這就是自己沒有睡意的原因。

「關於那個叫做伊思卡的部隊士兵——」

光著腳站到浴池旁的燐，做的是一如往常的傭人打扮。

「您在回到皇廳前，就頻頻對那名劍士的來歷很感興趣呢。」

「……他到底是什麼人？」

那是年紀與自己相仿的少年。

無論外表還是舉止都相當年輕，但他戰鬥時的身姿只能以猙獰二字來形容。

他憑藉驚人的集中力和超乎常人的運動能力招架了愛麗絲的攻擊，甚至直撲而至。愛麗絲在與使徒聖對陣時，固然有將對方視為強敵的念頭過，但這還是首次嚐到了劍刃不知何時會貫穿喉嚨的恐懼感。

「我會去調查那名劍士的來歷。但再快恐怕也要數天的時間。」

「夠快了。謝謝妳，燐。」

愛麗絲愣愣地望著浮在水上的花瓣點了點頭——

「那對劍……」

……不可能有那種事。那肯定只是外型相似的劍罷了。

……本小姐的「恩人」哪有可能會是帝國人呢？

「沒錯，這只是單純的偶然罷了。」

「咦？」

「我、我什麼都沒說！」

無意識地從內心溢出的低喃傳入了燐的耳裡，讓愛麗絲慌慌張張地揮手否認。

「沒受傷吧？沒想到離中立都市沒多遠的地方居然會有失控的帝國兵器……」

「不過不要緊。我已經砍斷了機動軀體的動力軸，這東西已經不會動了。」

那是一段沙色的記憶。

眼前是劈啪地噴出的火花，以及四下飛揚的沙塵。

在自己（愛麗絲）遭到失控的帝國兵器襲擊時，劍士出手救了自己。由於沙塵的遮蔽，不僅看不清他的身影，連聲音都變得渾濁，但愛麗絲依舊記得握在劍士雙手的兩把長劍的光輝。

黑鋼與白鋼。

閃爍著對立雙色的刀刃，就與那名少年劍士所握的劍如出一轍——

「…………」

浴池裡的愛麗絲，將手放在胸口上。

從那對甚至被燐以欽羨的口吻評為「早熟」的飽滿胸脯傳來的，是連她自己都感到不可思議的高速跳動的心跳。

「怦怦、怦怦」的聲響一次又一次地傳來。

不僅沒有放慢的跡象，甚至變得更為劇烈了。

「啊——真是的！這樣一點也不好！看來有必要轉換心情呢！」

「等等，愛麗絲大人，水花濺過來了！真是的……請別這麼用力地起身啦，連我的衣服都被水沾濕了。」

「沒錯，轉換心情！燐，既然這麼決定了，就為明天作準備吧！」

「……我的衣服呀。」

愛麗絲領著嘟嘴不滿的燐，快步走進更衣處。更衣處的正面牆壁乃是一整片的全身鏡，愛麗絲則跑向收納架，將手伸向一個小盒子。

「沒錯，就是這個呢，這個。」

「愛麗絲大人，請別在尚未擦乾身子時走在地板上，會失足跌倒的。」

「才不會跌倒呢，本小姐可不是小孩子。」

「因為您孩子氣地跑了起來呀。喏，要是不擦去身上的水氣，可是會感冒的。」

燐的兩手拿著浴巾。

她將浴巾罩上愛麗絲還在滴水的金髮，細心地擦去水氣。

「欸，燐，妳看妳看。」

「『女騎士貝翠絲的悲戀』……？真是的，您又瞞著我偷偷去訂歌劇的票了。」

擦去頭頂的水氣後，接著擦拭起脖子和背部。

隨從挪動浴巾，將愛麗絲從後頸滑至背部的水滴一一擦去。

燐出生自代代照料涅比利斯王家的侍從家族。

比自己（愛麗絲）小上一歲的她將大小事打理得井井有條。而對愛麗絲來說，燐也是唯一能輕鬆攀談的好友。

「這張票可是費了我不少功夫。畢竟想拿到雙人席，就得連過四輪的寄件抽選呢。」

「……我明白了，我會與您一起去的。」

擦乾愛麗絲的身體後，燐誇張地嘆了口氣。

「但這樣真的好嗎？您才剛被那名劍士看到了臉孔呢。」

自稱伊思卡的帝國劍士。

原本戴在臉上的頭紗在戰鬥中脫落，使隱藏起來的面容暴露而出。

若被人得知長相，帝國或許就會派遣刺客。一思及此，愛麗絲確實也略感焦慮。不過——

「放心吧，仔細想想，就算被看到臉也沒什麼問題呢。」

和視星靈為危險邪物的帝國不同，接納星靈的涅比利斯皇廳早就針對星靈做了透徹的研究。

其中的一項成果，便是解析出星靈的個體差異。

寄宿在人體內的星靈雖然千差萬別，愛麗絲的星靈卻有著格外出眾的警戒心。

察覺到危機時，星靈便會自動地採取防禦行動。由於身懷能夠擋下大規模破壞兵器一擊的星靈，是以一、兩名刺客並不足以讓她掛心。

「帝國的刺客哪有什麼好怕的？本小姐不僅有星靈，還有可靠的燐在呀。」

「……您這句稱讚聽起來還真像是在哄人呢。」

「我是說真的啦。而且每次去中立都市的時候，我都不會戴頭紗呀。就用平時的打扮光明正大地出發吧。」

愛麗絲以手指挾著票券甩了甩。

「開演時間似乎是中午之前，所以最好能在日出時分從王宮出發呢。」

「那麼，我會為您張羅沙鳥。由於是大清早出發，還請愛麗絲大人儘速回房就寢。票券就由我先收著了。」

「啊、燐、妳等一下啦！」

「要是被愛麗絲大人弄丟可就糟了。還有比起票券，您還是快點穿上內衣吧。您這樣袒露著身子，難道是在對我炫耀嗎？」

「我、我才不是在炫耀呢。」

看到燐以羨慕的眼神望著自己晃蕩的胸脯，愛麗絲連忙轉過身去。

「此外，還請您向女王大人傳達外出一事。畢竟您之前有過偷溜出去後遭到斥罵的前科。」

「……好麻煩喔。」

「您的回答是？」

「……好～～啦～～」

被隨從嚴格叮嚀的愛麗絲，輕輕嘆了口氣。

2

兩年前——

在收到分發部隊報告的那天，師父從自己（伊思卡）的眼前消失了。

不對，他是光明磊落地從眼前離開的。

「沒從我手底下逃出去的，就只剩下你和陣兩個小子啦。」

離別之際，他留下了語帶嘲諷的話語：

「不過，能有兩個人留下，已經算是很不錯了。」

帝國最強的劍士克洛斯威爾．尼斯．里布葛特——俗稱「黑鋼劍奴」。

在以使徒聖之首的身分守護帝都的時期裡，他在帝國中挖掘了多名極富潛力的少年少女，打算將他們鍛鍊成自己的繼承者。

不對，應該是將他們「篩選」了一番才對。

只過了短短半天的訓練，就有超過半數喪失資格，在第一天結束時，被淘汰的比例已經達到了九成。

過了三天後，留下的成員又少了一半。經過一年、三年、五年後，最後還留在他身邊的，便是陣和伊思卡。

「伊思卡，你是我最後一個挑到的候補人選，對吧？」

「是的。」

「老實說吧，在我挑選的候補之中，你是最……」

「是、是的！」

「最沒有潛力的那個。」

「您也太老實了吧？」

在忍不住頹肩脫力的少年面前，黑髮黑衣——一身漆黑的男子卻一副理所當然的態度。

「我挑的都是些有潛力的傢伙，之所以最後才會挑到你，不就是因為你看起來最沒潛力嗎？」

「……您這麼說也沒錯啦——」

少年不滿地鼓起臉頰。

師父垂著頭，看著剛送到他手裡的兩把劍。

「不過也不用把話說得這麼難聽吧——」

「『你是和我最像的那一個，所以我以為你是最沒有潛力的』。」

「——————」

這是伊思卡首次得知的真實。

平時沉默冷漠，視線也懶洋洋的師父首次吐出了「真心話」。

「可別放掉星劍了。」

「這是當然。畢竟這是我敬重的師父留下的遺物……啊好痛！」

被揍了。

別隨便把這個當成遺物。別隨便把師父說成死人。還有——

「這對劍，是讓這個世界『再星』的唯一希望。」

「……咦？」

「星劍會聽令於你。控制裝置（鎖）會呼應你的觸碰，除了你以外的人都無法發揮機能，所以就交給你了。」

扮演阻止延續百年的人類與魔女之戰的角色。

那就是你——黑鋼後繼的使命。師父是這麼說的。

═══

陽光將大地炙得焦熱。

被火辣辣地傾注而下的熾熱光線曬過的黃土大地，顯得乾硬且龜裂橫生，形成僅有少數雜草堆散布的荒野。若是赤足而行，腳掌肯定會在不到一分鐘之內遭到灼傷吧。

這裡是畢夏達荒野。

一台越野車正以駭人的速度開在這片廣大荒野的公路上頭。

「伊思卡哥，起床起床。馬上就要到艾茵嘍。」

「咦，已經要到了？」

被駕駛座上的音音搖了幾下後，副駕駛座上的伊思卡睜開眼皮。他還記得自己在日出前從帝都出發的事，但那之後的光景就不在記憶之中了。

「現在已經快要中午了喲，畢竟連開了大概六小時的車嘛。真是的，不管音音怎麼開口和你聊，伊思卡哥總是睡得不省人事呢。」

「抱歉……」

「沒關係啦，音音我也好久沒看到伊思卡哥的睡臉了。」

音音以開心的語氣說著：

「而且你也說過，從尼烏路卡樹海回來之後，就一直睡不好覺嘛。」

「嗯……我作了個久違的夢，夢到我師父。那是我和陣一起被他殘忍地鍛鍊的回憶……應該說是惡夢吧。」

「克洛老師的夢？」

音音握著方向盤問道。

「好懷念喔——你應該很久沒夢到克洛老師了吧？」

「大概吧。我想這應該和我很久沒使用星劍有關。他明明叫我好好保管，結果卻被八大使徒沒收了。他們願意還給我的時候，我還真是鬆了口氣。」

他低頭看著豎在座位旁邊的兩把長劍。

越野車所奔馳的地帶，是不屬於帝國和涅比利斯皇廳的無主地。

就連這片荒野，在世界地圖上也是被劃為野生獸類隨處出沒的自然保護區。根據報告，過去甚至還在此地發現過巨大的龍。這條公路雖然算是相對安全的地區，但本來應該不算是能放鬆到打瞌睡的地方才對。

「哎～～啊～～真是失策。為什麼打工的日子偏偏和伊思卡哥的外出日撞期呢？」

隨著一聲深沉的嘆息，音音放開了方向盤。

「我記得陣去槍枝工房幫忙，米司蜜絲隊長也去購物了對吧？」

「是這樣沒錯啦。但音音我也想和伊思卡哥去中立都市玩呀。」

馬尾少女將頭枕到伊思卡的大腿上。

車子依然以凶悍的速度在公路上狂奔。而這名少女則是全然沒看向車前，只以伸直的一條腿完美地操控方向盤。

「音音，不看前方開車的話很危險啊。哪有人用腳開車的……」

「因為我好久沒和伊思卡哥待在一起啦。」

「有這麼久嗎？」

他驀地望向駕駛座上的音音。

……不過，她似乎真的變得成熟多了呢？

……不僅長高了，就連表情似乎都變得嬌柔幾分。

思春期的一年。

伊思卡入獄的這一年間，原本年幼的少女長高了許多，似乎就連身體也多了幾分女人味。若是將束成馬尾的頭髮放下，看起來說不定會更像個亭亭玉立的淑女吧。

「嗯。」

原本呈仰躺姿勢的音音坐了起來。

唰地轉過綁成馬尾的頭髮後，少女以不滿的口吻說道：

「啊……已經到了啊。早知道就該開慢點才對。」

——中立都市艾茵。

於廣大荒野的綠洲發展的都市映入眼簾。

在被巨大城牆包覆的都市入口處——

「謝謝妳，音音，我回去會搭路線公車的。」

「好好好——晚點見嘍，伊思卡哥！」

「……嗯。呃，劇場在哪裡啊？」

目送揚起煙塵的越野車離去後，伊思卡轉頭望向都市的街景。

中立都市——這是在帝國與涅比利斯皇廳長達百年的鬥爭中，選擇不加入任何一方的都市統稱。

「中立都市啊，還真是很久沒來了呢。上次來是什麼時候的事了呢？」

中央大道上有好幾座散發著莊嚴氣息的劇場。

除了工法嚴謹、高尚優雅的木造演奏廳外，一旁也能看到以較為現代的設計打造的華麗歌劇院。

「不過，人潮還是和以前一樣多啊。」

此處是文化和藝術的綻放之地。都市接納了厭惡帝國和涅比利斯皇廳戰爭的藝術家們，致力發展繪畫、音樂、詩歌和雕刻等各種文化。

中立都市艾茵乃是歌劇之都。

這裡隨處可見路上演奏家各自演奏喜愛的歌曲，以及路過的遊客們認真傾聽的光景。

「——呃，不妙，已經要開演了！」

伊思卡握著票券，跑在人聲鼎沸的主街道上。

「好像是主街道上的第三座建築物……糟糕，要開場了！」

他衝到以白色為基調，有著現代化設計的歌劇院窗口。

「請問還能入場嗎？咦，現在勉強還能進場？太好了，謝謝您！」

接著衝上安靜無聲的通道，走入開演大廳。

「……不好意思，我要入場，人數是一位。」

他輕輕推開大門，走入開演大廳。由於開演在即，是以廳內一片黑暗。伊思卡循著在腳底朦朧散發光芒的緊急照明，尋找著空位。

「是二樓座位的最前排啊。真不愧是米司蜜絲隊長，就連歌劇的座位都相當講究。」

儘管昏暗的視野看不清臉孔，但周遭的客人都是身穿華服的貴婦，也有看似來自其他都市的貴族帶著家人私下參訪。

『那麼，還請各位盡情欣賞「女騎士貝翠絲的悲戀」。』

廣播聲響徹大廳。

舞台的布幕拉起，在有數百人之多的觀眾面前，歌劇正式開演。

「再見了，貝翠絲，我沒辦法和妳一同活下去。」

「……是呀。再見了，艾傑爾。我們下次相見的場所將不再是教會，而是戰場對吧。」

到了戲劇中盤。

化身為主角──女騎士的女演員揮灑演技，於交響樂團的伴奏下，故事進入了悲傷而深情的高潮——

「……啊——我懂我懂。難怪米司蜜絲隊長會這麼喜歡這齣戲。」

伊思卡混在對演技如痴如醉的觀眾之中，低聲這麼嘟囔。

觀眾想必是受到女騎士那高潔的生存方式所吸引，並對這場悲戀產生了移情作用吧。

如今伊思卡的周遭觀眾都已經深深地被女騎士貝翠絲的悲戀打動，可以感受到他們眼眶泛淚、屏氣凝神的情緒。

在這樣的場面下，卻只有他一個人顯得超然物外。至於原因——

「啊，貝翠絲！妳居然愛上了敵對國家的騎士……無論用情再深，這仍是一場無緣的禁忌之戀。讓如此悲傷的戀情存在真的對嗎？太過分了！神明啊，您為何會……給予他們如此殘酷的命運……嗚嗚嗚！」

大概就出在湊巧坐在他隔壁的少女身上吧。

到了故事終盤，她似乎投入得太深，甚至哭到連手帕都無法擦乾她的眼淚——看到她那副模樣，伊思卡也沒辦法專注在舞台上的表演了。

「艾傑爾那個笨蛋，那個男人也太可惡了吧！」

「噓，愛麗絲大人，您太大聲了。其他人可都是安安靜靜地觀看呢。」

「可、可是……」

「真是的，您把手帕收到哪裡去了？在您的手帕被淚水弄得濕透後，我不是將自己的手帕借您了嗎？」

「……那條手帕也濕到皺成一團了。」

「您也哭太凶了吧？」

少女以手背擦著眼角。由於劇場昏暗，看不清對方的長相，但就聲音來判斷，應該是個十來歲的少女。坐在雙人席隔壁的另一名女子似乎也是差不多的年紀。

「那個，如果不嫌棄，請用。」

「咦？」

伊思卡壓低音量，遞出了自己的手帕。

……將手帕送給萍水相逢的淑女，是貴族自古至今都喜歡的情境嘛。

……應該不是什麼可疑的舉動才對。

雖然不忍忽視身旁有難的人也是原因之一，但他之所以這麼做，也存在著「少女繼續哭泣的話，自己就沒辦法專心欣賞歌劇」的利己理由。

「我沒用過，是乾淨的手帕。那個……我只是覺得不擦一下的話應該會很難受。」

「…………」

少女似乎對從素昧平生的他人手中接過手帕感到抗拒，但想立刻擦去眼角淚水的心情依舊占了上風，是以她仍畏畏縮縮地伸出了手。

「謝謝您。」

嗯？這聲音好像在哪聽過？

雖然總覺得有點耳熟，但由於語帶哽咽，伊思卡聽得不是很清楚。大概是多心了吧——他這麼下了定論後，決定專心欣賞歌劇的最後部分。

閉幕——

如雷掌聲響徹舞台。眾人沉浸在餘韻之中，等待劇場重新開燈。

「嗚……咽咽，貝翠絲，妳怎麼會如此可憐！」

「愛麗絲大人，喏，已經結束了喔。請您在開燈之前至少把眼淚擦乾淨吧。」

「可、可是……」

少女以手帕按著眼角，站起身子。

而她低頭的對象，正是坐在隔壁的自己（伊思卡）。

「那、那個……不好意思，小女子把您的手帕弄得濕透了，我會做出賠償的。燐，去準備最高級的天鵝絨作為賠禮。」

「咦？不、不用這樣沒關係！那條手帕只是便宜貨啊。」

「不，您是為了出盡洋相的小女子而贈出此物，這與價格的高低沒有關係。」

少女以雙手緊握手帕，懇切地搖了搖頭。

「那個，請讓我再次向您致歉。」

就在少女真切地低喃，並向前踏出一步時——

劇場的燈也在此刻重新亮起。

「謝謝您的手…………」

在璀璨奪目的吊燈底下，少女那明亮的金髮和惹人憐愛的容貌顯露了出來。

冰禍魔女愛麗絲莉潔。

眼前緊握住手帕的，正是三天前與自己在尼烏路卡樹海上演一場壯烈大戰的對手。

「…………嗄？」

「為……為、為為為為、為什麼你會出現在這裡呀——？」

涅比利斯皇廳的公主唰地將裙子一甩。

她穿的並非置身戰場時身著的高貴王袍（禮服），而是任何一個都市的服飾店都買得到的素色連身裙，感覺就像是個私下出訪的千金小姐。

「你是尾隨本小姐來的對吧？好啊，那就在這裡分出個高——嗚咕！」

「愛麗絲大人，不可以！這裡是中立都市呀！」

從愛麗絲身後架住她雙臂的，正是身為隨從的燐。

「無論是誰，都禁止在這座都市發起任何形式的爭鬥，這是中立都市明文記載的法律。縱使是碰上弒親之仇或是敵國將領，一旦貿然出手……」

——一，中立都市內禁止任何形式的爭鬥。

——二，違反第一條時，先出手的一方將視為犯法者。

——三，接納所有形式的文化，好好享受藝術。

這便是每一座中立都市的共同法律。

「……知道啦。我也明白要是在這裡出手，我就會因為違反規定而與所有的中立都市為敵。如果事情走到那一步，那就糟糕了呢。」

愛麗絲揮開燐的手，咬緊嘴唇。

「不過，沒想到你居然就坐在旁邊欣賞歌劇，難怪本小姐老是靜不下心來。」

「沒有吧，妳不是看得入迷，甚至還哇哇大哭嗎？」

「～～～嗚！這、這只是眼睛出汗而已！你就把今天的事忘掉吧！知道了嗎？」

愛麗絲踏著腳步向後連退。

「愛麗絲大人，要是音量太大，可是會惹人注目的。」

「哎喲！真是的！」

金髮少女似乎現在才發現自己正受到周遭觀眾注目，只見原本就因為哭泣而紅腫的臉龐，在這時又覆上了一層紅潮。

「在此就先撤退吧。祝您貴安！伊思卡！」

「……哦、嗯，謝謝妳以禮相待。」

他對著拎起裙襬拘謹行禮的愛麗絲點頭致意。

「愛麗絲大人，您在做什麼呀？」

「咦？啊……妳、妳誤會了，燐！我只是不小心露出平時的習慣罷了！」

不小心照著王宮的習慣打招呼的少女，頂著一張紅到了耳根的臉龐衝出了大廳。

只剩下一個人被留在劇場之中。

「嚇了一跳的應該是我才對吧……」

伊思卡按著狂跳的胸口，重重地嘆了口氣。

3

「……還以為心跳要停止了呢。」

「這是我想說的話吧。我可是很害怕愛麗絲大人大鬧起來的後果呀。」

在快步走出大廳後，兩人撥開人群走到室外。

來到主街道後，愛麗絲這才安心地按住胸口。

「應該沒被跟蹤吧？」

「是的。在我們離開大廳之前，那名劍士就連一步都沒有動過。不過，也許還是得將跟蹤的可能性計算在內呢。」

中立都市不與帝國或涅比利斯皇廳為盟。雖說任一國家的居民都能在此自由出入，但也因此有可能會遇見知道自己長相的人物。

「……話又說回來，他居然就坐在本小姐的隔壁啊。」

「說起來，雖然那人原本就認得您的長相，但並不代表其他的士兵也認得您。以這座都市的性質來說，會在此地遇見敵方陣營的人物，也是無可奈何之事。」

「也、也是呢……！還是去吃頓飯轉換心情吧。」

愛麗絲輕閉雙眼摒除雜念後，加快步伐走上主街道。

「記得這附近有間知名的義大利麵店。本小姐可是事前作足了功課喲！」

「愛麗絲大人真的很喜歡義大利麵呢。」

「要本小姐連吃一個月也不要緊。」

「這並非要不要緊或吃不吃得下的問題，是您不可以這麼做。」

「別老是那麼死板嘛。喏，這裡這裡——」

她握著燐的手朝北方前進。

穿過連結廣場的街道、走到盡頭後，義大利麵店的招牌便映入眼底。

「不好意思，目前正好是中午尖峰用餐時間。」

看到兩人的身影後，套了件圍裙的女服務生以看似過意不去的神情低頭說道：

「若您願意與有預約的客人併桌的話，敝店是可以立即為您帶位……」

「併桌就併桌吧。好啦，燐，往這裡走。」

兩人在四人桌的其中一側就坐。

「愛麗絲大人，請用水。」

「謝謝妳，燐，我正好口渴了呢。」

也許是在歌劇院大哭了一場的關係，就連喉嚨都變得十分乾渴。她接過玻璃杯後，立刻將杯緣挪到了嘴邊。這時，女服務生將另一名併桌的客人帶了過來。

「『有預約的伊思卡先生』，這邊請。」

「噗——————！」

她吐出來了。

打娘胎以來，愛麗絲頭一次像是射水槍般把含在嘴裡的水猛噴了出來。

「嗚哇？」

少年慌慌張張地從桌旁一退。

「妳幹嘛啊？」

「本小姐才想說這——咳咳……水、水卡到氣管……嗚……你、你為什麼會出現在這裡啦？」

她掩著嘴，眼角帶淚地瞪向帝國的少年劍士。

「你這傢伙，竟敢一犯再犯！你果然跟在愛麗絲大人身後吧！」

這回終於無法忍受的燐從座位上起身，並握住藏在裙子內側的短刀。

……若是就此拔劍，就會觸犯中立都市的禁忌。

……不對，禁止爭鬥的條文乃是「先出手的一方有錯」。

只要這名帝國劍士率先出手，愛麗絲和燐就能基於正當防衛的理由，光明正大地展開反擊。

「呃，我是不是又被誤解了？」

「還裝什麼傻，這豈有辯解的餘地？」

伊思卡舉起雙手，表現出沒有抵抗的意思。至於燐則是以食指指著他說道：

「自從在那間劇院分開後，你應該和我們採取了完全不同的行動才對。然而你卻來到這間餐廳，有什麼想辯解的話就說說看啊！」

「因為這裡是離歌劇院最近的餐廳，而且又很有名。說起來，這裡的座位是我預約在先，妳們才是後到的一方吧？」

「…………」

聽完伊思卡一臉茫然的回答，燐整個人僵住了身子。

「……愛麗絲大人，您怎麼看？」

「也有道理呢。不過燐，妳可千萬不能大意，要保持警戒喔。」

「我說，妳們在他人面前商量，話都被我聽到了啊。還有誠如妳們所見，我身上沒帶武器，就連劍都保管在大門旁邊的哨所了。」

舉起雙手的伊思卡在兩人面前轉了一圈。

並沒有看到能充作武器的物品，這應該是在表示自己沒有戰鬥的打算吧。

「……我知道了，本小姐姑且相信你的說法。」

愛麗絲和燐相鄰而坐，少年則坐在對側。

「愛麗絲大人，這樣好嗎？就算身在中立都市，與帝國士兵同席用餐未免……」

「要是在這裡抽身，豈不像是本小姐怕了對方？」

冰禍魔女落荒而逃——倘若這樣的風聲傳開，帝國士兵想必會士氣大振。而她也會羞於面對涅比利斯皇廳的部下們。

「總、總之先點餐……」

愛麗絲將手伸向桌上菜單。這時，她的指尖與同時將手伸向菜單的伊思卡手指交疊相觸。

「呀啊？對、對不起！」

「……啊，我、我才要說抱歉……不好意思。」

伊思卡有些畏縮地抽回了手。

「………妳、妳先請。」

「…………你才是該先點餐呢，本小姐就讓你一步吧。你不是伸了手嗎？」

「………我是想把菜單推給妳們看啦。」

「…………本、本小姐也一樣啦！」

經過一番交涉後，雙方決定把菜單放在桌子中央，並由相對而坐的愛麗絲和伊思卡從左右兩側觀看。

……臉會靠得很近這點有點尷尬就是了。

……呃，本小姐這是在想什麼呀？不過是看個菜單而已啊！

愛麗絲不禁將視線從伊思卡臉上挪開。儘管涅比利斯皇廳裡不乏與自己有血緣關係的少年，但現在的王宮裡並不存在年紀如此相近的對象。她不習慣這種狀況。

「那個……」

忽然受到搭話，讓愛麗絲反射性地擺出備戰姿勢。

「你、你有何貴幹？」

「想好要點什麼了嗎？」

我這就把妳這魔女大卸八塊──就算這麼宣言也不奇怪的帝國少年兵，卻以客氣的語氣抬眼問道。

「……也是呢。不好意思，可以點餐嗎？」

「好的──我這就來！」

活潑的女服務生跑了過來。

「請問要點什麼？」

『一份奶油鮭魚櫛瓜義大利麵，麵的硬度要「煮得熟透（Ben cotti）」，分量為少麵，餐後的紅茶請加一顆方糖。』

愛麗絲和伊思卡。

兩人的話語就這麼美妙地交融成一體。

「……咦？」

「……奇怪？」

剛剛那句話真的是自己說的？由於交疊得太過自然，就連愛麗絲也一瞬間懷疑起先前的話語究竟是出自誰之口。

一如預料，眼前的伊思卡也露出了相仿的困惑之情。

「兩位客人真有默契，是情侶嗎——？」

『並不是！』

兩人的回答再次完美地重合了。

「愛麗絲大人，請您冷靜。」

「別說了，燐，我很清楚。這種事只會發生在今天，真的只是偶然偶然再偶然罷了！」

她以眼前少年不至於察覺的動作做著深呼吸。

……沒事，本小姐很冷靜。

……雖然從戲劇到飲食的喜好似乎都一致，但與我無關。

在餐點還沒送上來的這段期間，她無言地忍耐著這股尷尬的氣氛。

「總之用餐吧，趁著沒涼掉之前快快開動吧。」

她以叉子捲向義大利麵——驀地停下手邊動作，抬起臉龐。一股小小的好奇心忽然竄過腦海，讓她忍不住想對接連發生偶然的敵國士兵確認一個問題：

「你喜歡吃義大利麵嗎？」

「……我嗎？」

也許是沒料到自己會被搭話吧，少年的回應慢了好幾拍。

「除了你之外沒別人能問了吧？」

「我喜歡啊，應該說最喜歡了。雖然這種加了奶油的口味我也喜歡，但光是撒上鹽巴和胡椒就很好吃了。」

「哎呀，你很上道嘛。雖然簡單樸素，但那也很美味呢。」

就算問了燐，也只會得到「請您不要有挑食的行為」的回答。而問起王宮的家臣，頂多也是以「那真是太好了」這種索然無味的話作為回應。

敵國少年所給予的回答，反倒讓愛麗絲產生了一股新鮮感。

「好開心」。

與伊思卡的交談，讓她內心的一部分自然而然地雀躍起來。

「不過對本小姐來說，在這麼熱的天氣裡，義大利冷麵也是個難以割捨的選擇呢。」

「喔，冷麵確實也不錯。要是市場有賣甜番茄，我一定會拿來做冷麵。」

「對！番茄義大利冷麵很美味呢，這我也贊成我也贊成！酷暑時我甚至能每天都——」

「愛麗絲大人，您用餐的動作停下來了。」

「…………啊。」

聽到燐輕咳提醒後，愛麗絲低應了一聲。眼前的少年是敵國士兵，而且還看過自己的真面目，甚至是個實力不在使徒聖之下、有能耐以一敵千的戰鬥員。

這確實是自己的疏忽。

「對、對不起，打擾你用餐了……」

「我、我才該道歉呢……」

兩人對彼此低頭致歉。

眾人再次陷入無言的用餐光景——不過，獨自迅速用完餐的隨從少女，在這時壓低了嗓子咕噥道：

「義大利麵的硬度應該要煮到『彈牙有勁（Al dente）』才是常識。和門外漢吃麵真累人啊。」

『絕對是「煮得熟透（Ben cotti）」才正常啦！』

對於無奈地嘆息的燐，愛麗絲和伊思卡異口同聲地如此反駁。

4

黑色的天球上頭，鑲著像是打翻了寶石箱般的無數閃爍星子。

不僅擁有數之不盡的星座，還有著像是要從頭頂上方墜向地平線的流星劃過。對愛麗絲來說，王宮的夜空無疑是這世上最美的光景。

然而，她現在甚至沒將視線投向如此美麗的夜空。

「白天發生的事，還請愛麗絲大人一個人藏在心底。」

「……………」

愛麗絲以趴在床上的姿勢聽著燐的叮囑。

「換作正常狀況，這應該是要呈報給女王大人的事件，畢竟就算沒有爆發戰鬥，依然與敵國的士兵展開了接觸。」

「在中立都市是不能打鬥的——這麼強調過的不是燐嗎？」

「畢竟我沒料到除了在歌劇院相遇之外，還會在用餐時同席呀。」

在涅比利斯王宮的愛麗絲個人房——「鐘之寶石箱」裡……

站在牆邊的燐，以刻意壓抑情緒的口吻如此說道：

「所幸，今天的對話應該沒有洩漏皇廳機密之虞。若非如此，那說什麼都得向女王大人報告才行。」

「……我知道啦。」

對方是讓人恨之入骨的帝國走狗。

帝國人是迫害自己的祖先，將他們喊為魔女和魔人的仇敵，伊思卡也是其中之一。儘管如此，這種難以釋懷的情緒究竟又是怎麼一回事？

「這個。」

放在枕邊的是一條素色手帕。

他曾說過，這是在哪都買得到的東西。

「我找不到機會還他……」

這是在劇院借來的手帕。由於沾滿了自己的淚水，她不好意思就這麼還回去。但因為不知該怎麼處理，最後就這麼被她帶回來了。

「這是敵國士兵的私人物品，就算丟棄也無妨吧？」

「……可是……」

「我剛剛已經說過，請您把今天的事情忘掉了。那個叫伊思卡的劍士是敵人——他不僅是愛麗絲大人的敵人，同時也是您和數以萬計的同胞之敵。」

燐掀起了裙子。

下一瞬間，她的雙手已經各握住一把護身用的短刀。

那是快如閃電的動作。

除此之外，她也藏著細如棉線的金屬針、鋼絲和小型的炸彈等等。在宛如女性傭人的裝束底下，藏了許多連愛麗絲都不知其名的暗器。

精通各種武藝的天才武術家。

這便是燐這名少女的另一個面貌。

「鍊成樓的老師老是在抱怨，說一個將劍術、射擊術、弓術和拷問術等等教過的技藝都練到出師境界的學生，居然甘願去做一名隨從。明明妳有著皇廳裡屈指可數的武術家才能啊——之類的。」

「一喝醉就變得多話是老師的壞習慣。不過即使是我，在對上那個名為伊思卡的劍士時，也完全無法想像我能獲勝的光景。就算將劍術、體術和星靈都發揮到極致亦然。」

「妳覺得自己贏不了？」

「是的，依戰況的變化，甚至連吾師都有可能陷入危機。」

鏗——兩把短刀發出尖銳聲響收回刀鞘。

「愛麗絲大人理應最能明白箇中緣由。在與使徒聖對陣也未曾使出的『冰花』，竟然在一名士兵的面前施展出來……那名劍士是個怪物。若愛麗絲大人進攻帝國的那天到來，那麼，那名劍士便可能是您最強大的阻礙。」

這麼告知的少女，臉上帶著些許不甘的情緒。

明明身為愛麗絲的護衛，卻親身明白帝國存在著自己打不贏的對手。她恐怕是對於力有未逮的自己感到氣憤吧。

「因此，就算今天的相遇之中有令您掛心的部分，也請您悉數忘記。那名劍士有可能會成為皇廳最嚴重的不穩定要素。」

燐的建言相當合理。就算在愛麗絲的眼裡，伊思卡的強度依舊極不尋常。

若是加上他才只有十來歲年紀這點，那他就有可能在歷經今後的經驗和修練後，成為難以想像的恐怖對手。

……不過，以今天的氛圍來說……

……他完全不會讓人感到恐怖呢。

燐雖然說過「在中立都市不表露戰意是理所當然」，但愛麗絲對此有別的看法。當時的他根本沒有表露出一絲一毫的殺氣。他並非刻意隱藏或壓抑殺氣，而是打從一開始就沒有要開戰的意思。

……而且我的星靈也沒有反應。

……明明就連部下偷偷說我壞話時都會告訴我的說。

星靈沒將那時候的他視為敵人。

更重要的是——

在一起觀劇、一起用餐之後，自己有那麼一瞬間願意接納他的存在。而對此有所自覺，無疑是愛麗絲目前需要面對的問題。

她沒辦法狠下心腸。

他寄放在自己這邊的手帕理當該扔掉，她卻對此感到猶豫。

「……不過，我覺得燐也有該負的責任呀？」

「您的意思是？」

「都是因為燐在那時候說了『義大利麵的硬度應該要煮到「彈牙有勁」才是常識』，才會害我和伊思卡變得趣味相投呀。」

「我只是在陳述事實。最為美味的硬度乃是『彈牙有勁』，我不接受任何反駁。」

「傻瓜！」

在把手邊的枕頭扔向站得稍遠的隨從後，愛麗絲鑽進了毯子之中。

帝都第三管理區．帝國宿舍03大樓一樓。

在其中一室的伊思卡正躺在地板上，仰望著天花板的照明。

「……睡不著。」

明明眼皮沉重，但不管閉上眼多久，意識都遲遲沒有淡化的跡象。

是緊張嗎？還是太興奮了？

……都不是。

……一定是因為我看到了那一面。

以冰禍魔女之名受到帝國全土畏懼害怕的愛麗絲，不僅欣賞了帝國人也會看的歌劇，還享受了美食，並對在中立都市看到的一切表達出喜怒哀樂。

「全是謊話啊。」

從嘴角洩漏而出的，是宛如微風般的悄聲低喃。

「所謂冰禍魔女乃是沒血沒淚的怪物云云，全是帝國杜撰的傳言。她明明就哭得那麼誇張，這不就代表星靈使與一般的人類沒兩樣嗎？」

她展露了真面目。

縱使是排斥星靈使的帝國人，在看過哭得梨花帶雨的愛麗絲之後，還有多少人能斷定她就是冰禍魔女呢？她明明就是個纖弱又楚楚可憐的少女啊。

無論是人在帝國的自己，還是身在涅比利斯皇廳的愛麗絲，都一樣是普通的人類……

「……啊啊真是的，為什麼我會如此輾轉難眠！」

「……啊啊真是的，為何本小姐會如此輾轉難眠！」

於同一時間。

遙遙相隔的帝國和涅比利斯皇廳兩國之中，少年和少女同聲發出了悲鳴。

Chapter.3　「牽繫命運之物」

1

那個結冰之物閃耀著亮藍色的光芒。

對於年幼的自己（伊思卡）來說，他記不得那是發生在世界哪個角落的事了。

在帝國最強的劍士——「黑鋼劍奴」克洛斯威爾的帶領下，他啟程遊歷大陸之中的各個都市。

「帝國並非世界的一切，你可要睜大眼睛看清楚了。」

「雖然不曉得會應用在十年還是二十年後，但這對你來說是必要的經驗。」

事情發生在旅行途中——伊思卡因故與師父分頭行動時。

伊思卡搭乘的火車以遙遠的中立都市燈光為目標，奔馳在深夜的荒野之際，遭到了將該地劃為地盤的徊獸集團襲擊。

隨身攜帶的護身短刀也斷了。而在伊思卡身陷致命危機之際，拯救他性命的竟是一名魔女。

她以閃耀著亮藍色光芒的冰壁為盾，護住了伊思卡，並以冰之巨礫擊退徊獸。

……魔女救了我？

……救了帝國出身的我？

那是一名冰之魔女。在黑夜的遮蔽下，看不清楚她的長相。

大概是搭上同一班火車的乘客吧。

在這遠離帝都之地，魔女肯定沒將眼前的少年當成帝國的居民。而對徊獸來說，魔女也是牠們一視同仁的襲擊對象。魔女只是出於自衛而打倒徊獸，伊思卡之所以會受到救助，說不定僅是基於純粹的偶然。

然而，無論加上再多理由，都無法改變自己獲救的事實。

……帝國明明教導我魔女是殘忍的怪物。

……而她居然會為了救我和周遭的人們出手？

那是一個契機。

伊思卡因此顛覆了自己對於魔女這種存在的刻板印象。

魔女……不對，星靈使說不定並不是邪惡的人類。若是能出言交談，說不定也有相互理解的可能性。

即使身為帝國的一員，伊思卡至今仍相信著自己的直覺。

帝都第三管理區內．演習區域。

自上空傾注的炙人熱線和狂吹的熱風，讓氣溫輕而易舉地超過了攝氏五十度。

——沙漠地貌區。

一如其名，這裡是設想大沙漠地帶為作戰環境的訓練設施。

腳下的沙子混雜了金屬碎片，提升吸收陽光熱能的效率。即使到了冬天，這座設施的氣溫依舊不會低於攝氏四十度。

「呼……呼……啊、啊嗚嗚……水、水……！」

四人沿著地貌區的外緣跑著。

而跑在最後頭的米司蜜絲，以一副看到世界末日的悲愴神情發出慘叫：

「人家要喝水～～～～～！」

「想喝就喝啊，這本來就是在有水分補給下的長程行軍訓練好嗎？」

陣邊跑邊回頭說道。

兩人背上的背包裝有飲水器，只要含住吸管，就能在補給水分的狀態下跑步。

「這訓練的設計，便是雖然得背著軍備跑步，但可以飲用帶在身上的水。妳背上不是扛了一大罐的水嗎？」

「人家已經喝光光了啦。阿陣，分、分人家喝一口水就好！」

「妳會水腫喔。」

「阿陣你嘴巴很壞耶——！」

即使看似精疲力竭，米司蜜絲似乎仍保留著足以慘叫的精力。

「這演習場也太奇怪了吧？跑步的時候會被架在頭頂上方的太陽燈灼燒，高溫風扇還會從身後吹來熱風……我們又不是洗完要晾乾的衣物！」

「因為這些都是很厲害的熱能兵器呀。音音我對它們有印象喔。」

音音指向設置在後方的大型風扇。

「正是因為能重現沙漠的環境，音音我們才得以進行訓練。而第一管理區的研究員們也會拿音音我們的人體實驗數據為兵器加以改良，真是一舉兩得呢！」

「有這種想法的音音小妹有點恐怖耶！」

女隊長對於人體實驗這個詞彙發出了慘叫。

「啊、啊啊……阿、阿伊你看……對面那邊……有綠洲耶………人家還看到有天使在向我……揮手……？」

「等等，隊長！我總覺得往那個方向走就回不來了！」

伊思卡慌慌張張地叫住胡亂跑開的米司蜜絲，接著一邊為她打氣，一邊抵達了供水處。

「太——棒啦！人、人家總算第一次通過沙漠地貌區了！」

米司蜜絲扔下背上的行囊又叫又跳。

「以前隊長頂多只能跑到一半，就得叫擔架把她抬走了呢。」

「對吧對吧？人家在這一年可是拚了命地只加強體力喔！」

額頭和脖頸都汗如雨下的米司蜜絲舉起了拳頭說道。

看起來就像是全身的疲憊都被這份喜悅吹到九霄雲外去了。

……不過，真的很厲害呢。

……原來在我不在的這段期間，隊長還是有在努力鍛鍊啊。

伊思卡抹去自髮梢滴落的汗水，偷偷望向米司蜜絲。

米司蜜絲那張娃娃臉和嬌小的身高，怎麼看都只像是十三、四歲的年紀，這樣的外貌也經常被人當成年紀比自己輕的一般士兵，她本人卻不以為忤，反而持續奮鬥著。而那似乎也帶來了這次訓練的成果。

「啊——伊思卡哥你喔，居然偷看米司蜜絲隊長呀。」

音音鼓起了臉頰說道：

「伊思卡哥也喜歡那種類型的嗎——？」

「……什麼叫那種類型？」

「前凸後翹的成熟女性。」

米司蜜絲脫去外套，露出了底下的輕盈打扮。

裸露在白色汗背心外的上臂因運動的熱能浮現了嬌豔的紅潮，大量的汗水使衣服變得貼身，描繪出身體的曲線。

胸口的雙峰和誘人的腰肢透過衣衫顯露而出。

被汗水打濕的豐滿肢體，搭配嬌小身高和那張娃娃臉的反差，更是煽情得足以讓人意識到她是個「成熟女性」。

「……隊長真好啊，明明個子那麼小，但身材還是很有料呢。」

音音露出羨慕的眼神，彎下了嘴角。

「咦？音音小妹，妳在說什麼？」

「那個呀——伊思卡哥用可疑的眼光看……嗚咕？」

「我發誓我沒看！」

伊思卡慌慌張張地摀住音音的嘴，用盡全力搖頭否認。

「音音，我就說妳誤會了。」

「……真的嗎？」

「真的啦，我只是——」

就在伊思卡打算把話說完時。

原本發出轟隆聲運轉的高溫風扇，在這時送出了不一樣的風。原本光是被那陣熱風一吹，就足以讓生蛋變成荷包蛋的熾熱高溫，驀地變成了舒適的涼爽微風。

「……奇怪，好涼喔，涼快得像是在吹電風扇耶？」

米司蜜絲不解地歪起脖子。

「是機械故障了嗎？」

「才不會是那樣哩——是咱為了米司蜜絲，特別切換成冷氣模式的啦。」

「呀啊！」

坐在長椅上的米司蜜絲，忽然被一名女子從後方搭上了肩。

「原、原來是璃灑呀。」

「嗨嗨！小伊、小音音、陣陣也都一年不見了呢。都還記得咱嗎？」

璃灑——被這麼稱呼的女子以調皮的動作敬了個禮。

女子有著看似聰穎的端正面容，與她戴著的黑框眼鏡相當相配。

由於身材高挑，即使身穿一般的戰鬥服也顯得「有模有樣」。而伊思卡對這位英氣逼人的美女相當熟悉。

「這已經不是記不記得住的問題了，任何一個士兵都不會忘記現任的使徒聖長什麼樣子吧。」

「說起來，咱和小伊在一年前還是同事呢？」

璃灑隔著眼鏡鏡片拋了個媚眼。

璃灑．英．恩派亞——

若要用一句話來說明她的來歷，那就是帝國引以為豪、百年一遇的「萬能天才」吧。

舉凡學問、體術、射擊術、求生技術到戰略指揮等等，她都在各種領域之中發揮了才能，並以首席之姿自軍校畢業。

她是在嚴苛的競爭測驗之中脫穎而出，以短短的時間就從一介隊長晉升為使徒聖的才女。

「您現在是……防衛機關的司令部特聘客座是嗎？真是了不起呢。」

「沒什麼了不起啦，小伊一年前不也是和我共事的使徒聖嗎？」

啊哈哈——璃灑以輕鬆的態度回道。

而在她身後——

「雖說是以最小的年紀升任。但伊思卡僅是使徒聖的末席，妳則是第五席的參謀，說穿了就是天帝的心腹之一。即使同為使徒聖，依舊有明顯的上下之分。」

在樹蔭底下乘涼的陣，以一副嫌煩的神情起身。

「所以說，妳今天是打算來把什麼樣的麻煩事推給我們？」

「只是一點小小的要求啦。就是這樣嘍，米司蜜絲。」

璃灑調皮地輕吐俏舌，驀地伸手指向米司蜜絲。

「下一次出任務時，米司蜜絲的部隊會歸在咱底下指揮喔。這件事咱就先斬後奏了，多多指教啦！」

「咦〜〜」

「哎呀，妳不服嗎？」

「因為璃灑的腦袋太好了，人家不曉得能不能好好理解妳的作戰嘛。」

「放——心放心，咱可是米司蜜絲的好姊妹呀。」

米司蜜絲皺著臉龐抬頭看向璃灑。

至於璃灑則是摸了摸同學的腦袋。

「咱會製作米司蜜絲專用的手寫作戰說明手冊，可別弄丟了喲。」

「真的嗎？那人家沒問題喔！」

「就是這樣，所以手冊就麻煩你製作嘍，陣陣？」

「是我要製作喔？」

「咱可沒說會親自動手做呀。總之，今天咱就是來打聲招呼的。這個班除了隊長之外都很優秀呢。」

「……璃灑？」

「啊哈哈，咱只是開玩笑的啦。米司蜜絲也很優秀喔，既然咱都這麼說了，那就不會有錯！」

璃灑摸了摸鼓起臉頰的米司蜜絲的頭。

也許是基於老同學這層交情吧。直屬於天帝的使徒聖會對小部隊的隊長表現得如此親暱，可說是相當希罕的光景。

——極為嚴格的實力主義。

對於米司蜜絲這樣年輕的隊長來說，使徒聖乃是「總有一天要取而代之的存在」；而對於使徒聖而言，隊長不過是「早就被一腳踹翻的落水狗」。

……璃灑小姐之所以能和米司蜜絲隊長相處得如此融洽……

……主要還是因為我們家的隊長的個性，本來就不會去參與這種踢人下水或是競爭一類的事情吧。

伊思卡還記得璃灑以前也時不時會過來露個面。而兩人當時就撇開了作戰一類的公務，開開心心地聊起了購物的話題。

另外就是璃灑的自信。

恐怕是對自己的才能和自信抱持著屹立不搖的自信，才能展露出如此飄忽不定的態度吧。

「不過，妳的動作還真快啊。」

面對身分遠在自己之上的上官，陣露出了可說略帶挑釁的傲然笑容。

「在釋放伊思卡後，僅過了十七個小時就讓他遠征尼烏路卡樹海。而我們這一年來的任務就僅僅這麼一件。明明是這麼回事，妳還真敢立刻決定接收我們這支部隊啊。『換作是我，就會再觀望個一陣子』。」

「你是要咱再多觀察一下實力是嗎？嗯——咱是有這個打算啦，但大致上來說，咱覺得已經把你們的狀況掌握得差不多嘍。」

在眼鏡的後方。

身為使徒聖的她，將眼睛瞇得如新月般細窄。

「尼烏路卡樹海的交戰報告寫得不是挺好的嘛？不僅正確簡潔，當然也沒有任何一個錯漏字。那份報告是陣陣寫的吧？」

「那是當然。」

「只要看過那份報告，就能知道大家的身手都沒有變遲鈍呢。」

拋了個媚眼的璃灑轉了半圈身子。

她望向伊思卡。

「話說回來，小伊，我們來面談一下吧？」

「您說面談嗎？」

「你的身體狀況還好嗎？小米有和我說，在結束尼烏路卡樹海的遠征後，你就一直睡不好覺呢。」

「……只是有一點失眠而已。」

回報身體狀況也是一介士兵的義務。

既然告訴了米司蜜絲，那身為使徒聖的璃灑只要想確認此事，隨時都可以辦到吧。然而，就連伊思卡本人也不明白自己為何會輾轉難眠。

冰禍魔女愛麗絲。

她的臉龐總是會莫名地浮上心頭，害自己難以成眠。

「聽你的回應，似乎還沒有完全治好呢。小米有和我說你去看了歌劇，看來前天的轉換心情之旅仍不足以根治呀？」

「不過我很開心。呃，因為很久沒去中立都市了。」

他用力地點了點頭。

……在中立都市與愛麗絲相遇一事。

……在這樣的情境之下，果然沒辦法說出口啊。

「啊，對了，也要感謝米司蜜絲隊長。歌劇也很有趣喔。」

「對吧對吧——！偶爾看看那種悲戀也挺不錯吧。雖然會讓人心口揪痛，卻也會有一種心靈受到填滿的感覺呢。」

米司蜜絲看似開心地按住了自己的胸口。

「不過璃灑就覺得很無聊呢。」

「咱是屬於那種無法理解藝術的人類啦。就這方面來說，伊思卡從以前就很喜歡欣賞音樂和繪畫呢。」

「是的。不過，我有和璃灑小姐提過這方面的喜好嗎？」

「收集這類資訊是咱的興趣。部下的戀愛和八卦話題真是教咱欲罷不能呢。」

璃灑將手伸進胸口的口袋。

「小伊，說到碧布蘭．薩利爾，你會想到誰？」

「是一位帝國的宮廷畫家呢。他是在距今……呃，大概一百五十年左右，於百年戰爭之前的時代活躍的油畫畫家吧。」

「真不愧是小伊。那可以請你收下這張票嗎？」

參謀官露出了淘氣的笑容。

她從胸前口袋取出的，是一張小小的票券。

「好像開了他的畫展喔。」

「……碧布蘭的畫展？開設地點是在中立都市嗎？」

「對對，這是我從部下那裡賭到的。但咱覺得與其自己去看，還不如讓小伊走一趟，這樣碧布蘭也會比較開心吧。」

「不過我前天才休過假而已……」

「只要你把休掉的部分用工作還回來就好啦。小伊在下次作戰可是關鍵人物呢。」

璃灑摸著米司蜜絲的頭說道。

接著她驀然收手，就地轉過了身子。

「總而言之，米司蜜絲的小隊可喜可賀地納入咱的指揮之下了。下週會先召集你們，下個月則會開始聯合訓練。你們可以在這段期間自行訓練，陣陣和小音音也可以像小伊那樣休個假喔。」

「人家呢？人家也可以休假嗎？」

「米司蜜絲是隊長所以不行，來和咱開作戰會議吧。」

「小氣！」

米司蜜絲孩子氣地鼓起臉頰，璃灑則是看似開心地調侃起來。

伊思卡沒認真觀看她們的互動。

「……又要再去一次中立都市(艾茵)啊。」

浮現在他腦海裡的，是短短兩天前和她(愛麗絲)的再會。

再怎麼說也不會有第二次偶然吧？

這回是帝國畫家碧布蘭的畫展，再加上離上一次見面已經過了幾天。況且，她也沒有理由出現在先前相遇過的場所。

……到頭來，手帕還是寄放在愛麗絲那邊了啊。

……不對，我這是在想什麼啊？

伊思卡重重地搖頭，試圖甩掉在腦子裡萌生的雜念。

2

涅比利斯王宮。

這是位於星靈使所建立的國家——皇廳最深處的城堡。

城堡被區分成三座尖塔。王家與人民約法三章，每個月會輪流對外開放一座尖塔。代表民眾可以參觀城堡的一切。

這是王家與人民建立起來的信任。

——我們絕無隱瞞。

——我們都是與帝國一戰的同志。

不過，即使是如此開放的王宮，依舊有著人民所不知道的場所。就連王宮的相關人士也無法在未徵得公主的許可下踏入這類區域。

「燐，抱歉，我晚到了。妳等很久了嗎？」

「不，我也剛剛才抵達。」

愛麗絲小跑步起來，趕到了在昏暗視野中被蠟燭火光照亮的燐身旁。

「無論看過多少次，還是會覺得這裡是個氣氛詭譎的地方呢。」

這是利用天然鐘乳洞開鑿出來的地下通道。

微溫的空氣帶著濕氣，不知從何而來的風在鐘乳洞之中穿梭循環，輕輕撫過了愛麗絲的後頸。

每每遇到這種狀況，愛麗絲總是忍不住背脊發冷，覺得像是被人下咒了似的。

「……燐，救救我……」

「愛麗絲大人，請別怕到貼在我身上，您已經不是小孩子了。」

「要、要是有鬼出現該怎麼辦……」

「比起鬼魂，愛麗絲大人的星靈要強得多，所以不會有事的。況且——」

走在身旁的燐，以一副「應該不需要由我提醒」的口吻繼續說道：

「沉眠在此的那位大人還尚未逝世呢。」

「……這我知道啦。」

即使嘴上這麼說，她依舊沒有放開燐的衣襬的意思。

無言地走下凹凸不平的斜坡後，她們隨即看到了淡淡的黃金色光芒。

——黃金祭壇。

岩層表面鋪著一條紅毯，寶座上方置著黃銅製的七星燭台、以古代文字撰寫的經典，以及各種愛麗絲喊不出名字的神聖器物。

「我來晚了，母親大人。」

「和說好的時間相符喲。」

身穿淡紫色王袍(禮服)的女子回過身來。

被燭光照亮的頭髮為金茶色，紅寶石色的雙眸散發著溫柔、嚴厲和高貴的氣息。

既美麗、冷酷又嚴厲。

此人便是米拉蓓爾・露・涅比利斯八世——既是愛麗絲的母親，也是現任的涅比利斯女王。

不過，她鮮少將愛麗絲喚至謁見大廳之外的場所。

「愛麗絲，前陣子妳曾提過和帝國的劍士交手過吧？雖然並非使徒聖，但那名劍士的實力足以和使徒聖比肩。」

「是的。」

那人指的是伊思卡。

於尼烏路卡樹海交戰後的當天，愛麗絲便報告了與他有關的消息。

母親米拉蓓爾也是久歷沙場的星靈使，更曾與使徒聖有過交手經驗。換作是對帝國軍結構知之甚詳的母親，也許就能找出他的真正來歷。

然而，就連母親都無法斷定伊思卡這名劍士的真實身分。

「……這樣呀。」

「母親大人？請問發生了什麼事呢？」

女王轉身看向祭壇的後方。

「妳們兩個看清楚了。」

「這是……始祖大人的封印居然……？」

燐那近似慘叫的喊聲，在鐘乳洞裡層層迴盪。

仰望矗立在前方的黑色石柱後，隨從少女便像是感到敬畏似的向後退步。

——「始祖涅比利斯」。

架在黑色石柱上頭、一絲不掛的大魔女就在那裡。

被曬成紅銅色的肌膚與微捲的珍珠色頭髮讓人印象深刻。她乃是星靈使的樂園——涅比利斯皇廳的創立者，亦是寄宿了究極星靈的遠古星靈使。

其外表看起來就像個尚不滿十五歲的少女。

「在一百年前，始祖大人僅僅孤身一人，與數萬帝國大軍交鋒。『而這位大人現在依然還活著』。」

現任涅比利斯女王以嚴肅的口吻繼續講述：

「始祖大人有一位雙胞胎妹妹，那正是涅比利斯一世，也是包含我與愛麗絲在內的王室血脈之祖。不過，帝國並不知道以『大魔女』之名威震當世的始祖大人有妹妹，是以當涅比利斯一世駕崩時，帝國似乎也為那名大魔女的死訊大為歡喜。」

大魔女涅比利斯還活著。

就算在涅比利斯皇廳之中，知曉此事的也只有包含愛麗絲在內的王室成員，以及代代侍奉王室的燐的家族而已。

雙胞胎妹妹當上了皇廳的女王，懷上孩子，被後世稱為涅比利斯一世。

但姊姊就不同了。

始祖涅比利斯據說寄宿了世上最古老的星靈，其力量甚至能阻斷時間流逝。如今，她依然等待著向帝國復仇的機會。

而燐之所以會發出驚呼聲——

「愛麗絲大人，始祖大人的束縛快要解開了！」

支撐著在空中深眠的少女的，是將其雙手雙腳固定在柱子上的鎖鍊型鐐銬。只見那些鐐銬幾乎都已經鬆脫了。

「愛麗絲，始祖大人發生變化的時間，就是妳在尼烏路卡樹海和帝國劍士交手的那一瞬間。」

「……這是怎麼回事呢？」

「在身為宿主的人類遭遇危機時，星靈會有所反應。比方說，過去就發生過帝國軍殺入皇廳時，許多星靈隨即同時有所反應的例子。而始祖大人的星靈亦是如此。」

涅比利斯女王走近黑色石柱。

那是一根與鐘乳洞天花板同高的石柱。從被稱為始祖的少女所在的高度計算，高度應該超過十公尺吧。

「彷彿即將清醒的徵兆——妳不這麼認為嗎？」

對於女王的話語，愛麗絲與燐無言地面面相覷。

自己（愛麗絲）至今與帝國部隊交戰時，照理說都沒發生過這樣的事態。然而，僅僅是與伊思卡的一戰，就讓始祖有所反應了？

「目前尚未明白始祖大人的星靈有所反應的條件。」

女王搖了搖頭。

「不過，星靈據說有與其他星靈產生共振的特性。根據星靈院研究員的推測，恐怕是因為寄宿在愛麗絲身上的星靈太過強大，使得在發揮這股力量時，連帶影響到始祖大人的星靈。」

「的確，愛麗絲大人還是首次施展出那麼強大的力量。」

涅比利斯八世和燐持續交談著。

而聆聽著兩人對話的愛麗絲，則是抬頭仰望被稱為始祖的星靈使。

……對我的力量有所反應？

……這怎麼可能呢。因為……

為了確認寄宿己身的星靈力量極限，愛麗絲曾多次偷溜到皇廳郊外的無人競技場做過實驗。

而其中當然也曾將力量解放至與伊思卡交手時同等層次的強度。

然而，始祖在那個時候並沒有反應。

換句話說，能想到的唯一可能性，就是僅有自己與伊思卡交戰時才會產生反應。

「……伊思卡，他到底是何許人也？」

「愛麗絲，妳剛剛說了什麼？」

「不、不是的，什麼事都沒有！」

女王看似正認真思索著與伊思卡一戰的細節。

……關於前天才在中立都市與他再次會面的事——

……我豈不是完全開不了口嗎？

而且不僅自己欣賞歌劇時嚎啕大哭的模樣被他看在眼裡，甚至還坐在同一張桌子旁吃飯，這怎麼想都是命運的惡作劇……還是把那件事忘了吧，不忘記的話可不行。

明知如此，每當她萌生這樣的念頭時，伊思卡的臉孔就會浮上心頭。這是為什麼呢？

「無論如何……」

涅比利斯八世在胸部下方交抱雙臂。

「始祖大人的星靈仍有許多未解之處，我會要求星靈院加緊研究。愛麗絲，妳就減少出陣的次數，直到查明帝國劍士的來歷為止。」

「好的。那請恕我先行告退了。」

——燐，該走了。

對燐使了個眼色後，她轉身背向始祖涅比利斯。

大魔女被架在形似巨大長劍的黑之石柱上，看起來亦像是被一把黑鋼之劍直指的情境——

「『醒來吧』。」

「白之星劍能將黑之星劍阻絕的分量加以解放。」

「…………他說了『醒來吧』？」

愛麗絲驀地回頭看去。

始祖所眠的黑之石柱，就像是倒插在大地之上的一把劍。這根柱子的顏色與伊思卡的黑鋼之劍如此相近，難道只是偶然嗎？

沉眠的始祖。

伊思卡說出口的解放之詞——「醒來吧」。

而母親所言若是為真，始祖涅比利斯的星靈正是在自己與伊思卡交手的同一時間有所反應，並試圖掙脫束縛她的鐐銬。

「愛麗絲大人，您怎麼了？」

「……呃！沒、沒事。」

別去想了。

愛麗絲將腦海裡淺淺描繪、連推測都還談不上的妄想抹去。

現在的首要之務，就是忘掉與他再會的記憶。都是因為他，自己最近老是夜不成眠，得找些其他的事情把腦袋裝滿才行。

「我記得有個畫展正在展覽呢。」

「愛麗絲大人，您難道又要去中立都市……？」

聽到愛麗絲低喃的燐露出了傻眼的神色。

「若是遇上了和前天相同的事……」

「那只是偶然啦。本小姐這次可是小心再小心，避開了歌劇這個選擇呦。和前天不一樣，既然這次並非為了轉換心情，就該好好地享受這段閒暇時光嘛。」

為了不讓母親聽見，她與燐咬起了耳朵。

兩人沿著鐘乳洞的斜坡向上走去。

「剛好中立都市艾茵開設了印象派畫家碧布蘭的畫展呢。」

「碧布蘭？」

「……沒事，我在說給自己聽。」

一旦提及碧布蘭帝國宮廷畫家的身分，肯定會被燐反對吧。

雖然帝國是敵人，但不得不承認的是，他們所盛行過的美術和音樂確實也對現代美術帶來了極大的影響。

尤其是宮廷畫家碧布蘭那溫柔而纖細的用色——

光是觀看他的畫作，便有種心靈受到洗滌的感覺。小時候看過他的畫冊後，愛麗絲就一直希望能親眼觀看真正的畫作。

「燐就待在宅邸裡吧。那座都市離這裡不遠，本小姐一個人也不會有事的。」

一個人悠悠哉哉地鑑賞畫作的休憩時間。

愛麗絲懷著雀躍起來的心情，離開了始祖沉眠的聖域。

「沒錯，本小姐內心的迷霧肯定會就此煙消雲散的。」

3

隔天。

「所、以、說，你為什麼會出現在這裡啦————？」

在中立都市艾茵的廣場上——

愛麗絲指著「偶然」從眼前經過的少年，扯開了嗓門大吼道：

「伊思卡？」

「……愛麗絲？妳怎麼會在這裡！」

他也像是被凍結了一般僵住身子。不僅如此，他手中握著的，正是愛麗絲正打算前去參觀的畫家（碧布蘭）的入場券。

「就連目的也和本小姐一樣是要去看畫展……這、這到底是什麼意思？為什麼身為帝國士兵的你可以這麼頻繁地跑來中立都市啦，守護帝國的義務上哪兒去了！」

「說起來，碧布蘭是帝國的印象派畫家，我就算來看也沒什麼好奇怪的吧。反倒是妳，跑去看帝國畫家的畫作真的沒問題嗎？」

「美術是不分國界的！」

「我也只是來看喜歡的畫家展覽而已啊。」

唔唔——兩人瞪向了彼此。

也沒察覺往來廣場的人們視線都聚集在他們的身上。

「沒想到愛麗絲竟然會來看帝國畫家的畫作啊。」

「又、又沒什麼關係！像是碧布蘭畫的暮嵐街景或是日落一類的，本小姐雖然不會畫畫，但就是喜歡看呀。這有什麼不對嗎？」

「哦——」

「……什麼啦？」

「我也有一樣的想法呢。」

伊思卡望向手中的票券，伸手指向與廣場相連的主街道。

「美術館應該沿著這條路就會到了，要一起走嗎？」

「好呀……呃、不行啦！」

雖說身在中立都市，但身為涅比利斯皇廳公主的自己和帝國劍士同行一事要是傳開，肯定會釀成大騷動的。

……涅比利斯王室也不是團結一氣的呀。

……要是我惹出了什麼問題，可是會給身為女王的母親添麻煩的。

過去，涅比利斯王室就曾為了爭奪女王的權位而多次上演過鬥爭的戲碼。

縱使是血親，也會為了奪得女王的寶座而不時相互威脅、算計、散播對對手不利的流言蜚語。就連愛麗絲自己都多次收受過空穴來風的嘲弄——散播者還是她們三姊妹中的姊姊和妹妹。

……老實說，我根本不曉得美術館怎麼去，目前正頭痛呢。

……不對，這絕對不可以。愛麗絲，快展露妳的骨氣呀！

今天就連燐也不在身邊，要是與伊思卡獨處的模樣被人看到了，說不定會訛傳成「敵國公主與劍士私下幽會」之類的八卦。

「你就沿著那條大路去吧。本小姐……就、就走這條路吧！」

在一時衝動下，她指向湊巧瞄道的一條小徑。

「妳要走那條小路？」

「對、對呀。」

「不管怎麼看，那都只會往巷弄裡面走而已，我覺得走進去的話會很容易迷路耶。」

「才不會迷路呢，你就睜大眼睛看著吧！」

「啊，愛麗絲，妳等一——」

她沒等伊思卡說完，逕自轉過了身子。

雖然聽得到後方傳來叫嚷聲，但愛麗絲完全不以為忤，大步大步地向前進。她在伊思卡所指示的主街道轉了九十度，走入了小徑。

沿著小徑走了幾分鐘後——

「……這裡是哪裡呀……」

愛麗絲很快就陷入了想說喪氣話的心境。

首先，這一帶都黑濛濛的。

明明是午後陽光正強的時間帶，然而這條小徑不知是怎麼設計的，陽光只會從建築物之間的縫隙透下。由於建築物遮蔽大半陽光，四周因此黑得像是入夜一般。

「而且這麼髒亂是怎麼回事呀？垃圾到處亂丟，不僅不衛生，而且還很臭……」

牆上有著詭異的附著物。

那看起來像是褪了色的血跡，也許是醉漢在這裡鬧事過的痕跡吧。

「真是難以相信。本小姐要是這個國家的公主，肯定會向全國國民下大掃除的命令……真是的，就算是以藝術聞名的都市，也不是把主街道打理乾淨就當作沒事呀。」

她踩著不穩的腳步在暗巷中徘徊。如今她已經搞不清楚自己的位置，完全靠著第六感朝著美術館的方向前進。

而又過了幾十分鐘後——

「……燐，快來救我。」

愛麗絲完全迷路了。

避開堆放廚餘和陰暗的小徑前行的結果，就是連該怎麼折回與伊思卡相會的地點都不得而知了。

「明明路上有問到去美術館的路呀……」

也不曉得是自己的問法不對，還是對方聽錯了目的地，她最後抵達的並不是美術館，而是一處完全不同的廣場。

「這、這座都市是怎麼回事呀……應該做些對旅客再友善一點的設計才對嘛……」

愛麗絲背對著噴水池，找了張沒人的長椅坐了下來。

不僅沒找到美術館，還因為想逃離那些骯髒的暗巷而多次繞路，害得兩腿已痠疼不堪。

回過神來，她才發現天色向晚。

「…………」

薄薄的灰色簾幕罩向地平線的盡頭，原本聚集在廣場的遊客也一一回到旅館。

噴水池的飛沫受到夕陽照射，反射著亮橘色的光芒。

遠處可以看到兩個要好的孩子手牽著手，正來來回回地奔跑著。

「……本小姐才沒有覺得寂寞呢。」

她以沙啞的聲音開口說道：

「只要回到城裡，本小姐就有燐作伴了。就算偶爾這樣度過一天，也不會……」

「愛麗絲？」

就在這時，長椅後方傳來了耳熟的說話聲：

「果然是愛麗絲啊。」

「咦？請問閣下是哪位…………你是伊思卡？」

看到站在自己身後的少年身影，愛麗絲登時尖叫著彈起身子。

由於被搭話得太過突然，過於震驚的她心臟狂跳，甚至連胸口都痛了起來。

「你怎麼會出現在這裡？美術館逛完了嗎？」

「我逛完一圈啦。不過因為沒看到愛麗絲，我擔心妳是不是迷路了。畢竟妳走進那條小路後，就朝著與美術館相反的方向前進嘛。」

「嗚……」

被他一語道破的愛麗絲連一句話都回不出來。

「要幫妳帶路嗎？」

「咦？」

「天都快黑了，再過不久就是美術館的閉館時間，所以得加快腳步了。」

伊思卡以一副雲淡風輕的口吻問道。

「但、但這還是不行。我們可是敵對的立場喔？本小姐可是涅比利斯皇廳的公主，而你是帝國的劍士對吧？」

「原來妳是公主？」

「啊……」

遭點破自己暴露真實身分後，愛麗絲登時僵在原地。

她確實宣告過自己是王位繼承人，卻不曾提及自己的正確頭銜。如今，冰禍魔女即是現任女王涅比利斯八世女兒的事實，就這麼曝光了。

「唉，不過我猜也是如此。」

「……對吧！事到如今，我也沒有對你隱瞞的必要了。」

她摘下遮住半張臉孔的報童帽。

不加遮掩的面容就這樣呈現在夕陽底下。

「我們是敵人，所以當然不能一起去什麼美術館了。」

「雖然是敵人沒錯……」

伊思卡認真地聽著，接著作勢歪起頭。

「但美術無國界——這句話是愛麗絲說的吧？」

「…………」

她不禁陷入沉默。

忘卻一切爭執，好好享受文化。這就是中立都市的理念。

而愛麗絲來觀看的是帝國宮廷畫家的畫作，即使來自帝國的遊客「偶然」和她一同參觀，也沒有什麼好奇怪的。

「……嗯，確實是本小姐說過的話呢。」

她將手中的帽子再次戴回頭上。

這回她沒拉低帽簷，而是淺淺地輕輕戴在頭頂。

「就麻煩你帶路了。」

「那麼往這裡走吧。」

她追著伊思卡的背影。唉，結果還是得繼續走啊……不曉得是不是聽到了愛麗絲的這番心聲，伊思卡很快就停下腳步。

「到嘍。」

「請問，該不會……」

碧布蘭畫展——美術館前豎著這面招牌。愛麗絲來回看著指著美術館的伊思卡，以及身後的廣場。

「本小姐不辨方向走到的廣場，難道就位在美術館正後方嗎？」

「沒錯。正因為妳待在後方廣場，我才找得到妳呢。這先不管了，動作快，距離閉館只剩下三十分鐘了。」

伊思卡仰望起入口旁邊的掛鐘。

「要全部看過一次似乎有困難。愛麗絲，妳有什麼想看的嗎？」

「呃、呃……呃呃……既然這樣，我想看『黃昏色街景』。是在高聳的禮拜堂屋頂上俯視著帝都冬日西沉光景的風景畫！」

「那就往這裡走。」

伊思卡加快腳步，朝著館內來往的人群前進。

遊客們與兩人錯身而過。

就只有兩人在流往出口的人潮中逆行，朝著館內的深處邁步前進。

「愛麗絲想看的，是這一幅畫作對吧？」

伊思卡停下了腳步。在回頭的少年身旁，掛著一幅年幼的自己多次翻閱小小畫冊欣賞過的畫作。

那是遠比畫冊上的圖片大上好幾倍的真跡。

「……啊……」

不成聲的聲音從喉嚨深處竄了上來。這並非思考得出的歸納，而是高昂的感情所萌生的衝動。

「……我一直……很想看這幅畫。」

愛麗絲一步又一步地走近與自己同高的巨大畫布。

那是描繪著被白雪覆蓋的冬季都市，逐漸被夜幕籠罩的光景。

這絕非用色華麗的畫作，反倒是以灰色為基調的冷色系。不過，迎接入夜的民宅從窗戶中透出了溫柔的光芒。

——即使寒冷，依然相當溫暖。

幼時的自己莫名地被這片情景打動了心。明明是可恨的敵人所居住的都市，她卻從中感受到一股就連怒火都被撫平的力量。

「伊思卡？」

「怎麼了？」

「你為什麼喜歡這個畫家？」

「——這邊。」

在自己的身旁，他以幾乎等高的目光仰望起正前方的畫布。

並伸手指向畫布的中央一帶。

「這裡的顏料塗得比較厚。」

「有什麼特別之處嗎？」

「這只是我個人的猜測……畫家應該是在以畫刀要抹上顏料時，一瞬間換了個想法吧。在打算將腦海裡描繪的情景印上畫布的瞬間，他想到了另一種更好的線條，才會停下動作思考起來。」

「……嗯。」

「還有，這邊也是。這裡用了和底下色調完全不同的顏料重塗了好幾層。我在想，會不會是在描繪的過程中，心裡所想的情景也有所變化了呢？所以他選用了更為強烈的顏色，想描繪出越發熱情的光景。」

人們通往出入口的腳步聲不斷傳來。

愛麗絲卻只聆聽著站在身旁的他的話語。

「我想愛麗絲說不定也知道，這位名為碧布蘭的畫家，畫的總是街景、道路或碼頭一類的風景畫，而且畫作裡連一個人都沒有。儘管他繪畫的題材都是無機物，色調也偏陰沉——」

「但其實相當熱情？」

「沒錯。我猜他是個外在沉靜，但內在蘊含著熾熱的心靈。只要觀看畫作就能感受到作者的個性，我想自己大概就是喜歡他這一點吧。」

「我懂。本小姐也——」

話說到一半。

涅比利斯皇廳的公主突然察覺。

自己看得入迷的並非畫作，而是站在身旁的他的側臉。

皇廳的畫家雖然教導過愛麗絲繪畫的基本知識，卻未曾試圖理解她的想法。

那只不過是帝國的畫家，我才是更勝一籌的畫家——他們總是這麼說。

她還是第一次遇到有人拚了命地將畫作的優點解釋得如此徹底，就只為了曾說出「喜歡這名畫家」的自己。

「愛麗絲，妳怎麼了？」

「……本小姐沒事。」

不過，愛麗絲靜靜地如此回應。

總覺得要是不佯裝冷靜——

自己內心的某個部分，似乎就要產生變化了。

＝

日落時分。

閉館前的最後兩名客人——愛麗絲和伊思卡一同離開了美術館。

兩人來到美術館後方的廣場。愛麗絲走到自己迷路時頹坐過的長椅前方，將冒著水珠的玻璃瓶扔了過去。

「……這給你，就當作是帶路的回禮。你一直說個不停，口也渴了吧？」

「也不用什麼回禮啦。」

伊思卡伸手接住裝著果汁的玻璃瓶。

愛麗絲向他舉起了買給自己的瓶裝果汁。

「本小姐可不想欠人情，尤其是不想欠你。」

「我就說那不是什麼大事了。況且要錢的話我也……奇怪？」

將手探入口袋的伊思卡忽然停下動作。

「怎麼了？」

「……我好像……忘了帶錢。」

「你沒帶錢出門？」

「呃……該怎麼說……我滿腦子都在想不要把美術館的入場券搞丟……」

「那你是怎麼從帝國過來的呀？」

「我用回數票搭路線公車。」

「因為沒用到錢就忘記了嗎？」

嗯——少年以感到過意不去的神情縮起身子。他來回看著手中的瓶裝果汁和愛麗絲的臉孔，看似慌張地開口說道：

「啊，不過這瓶果汁的錢——」

「你真傻呀。」

她不禁微微露出苦笑。

無論笑意有多淺，在敵國的士兵面前，愛麗絲還是頭一次露出了自然的笑容。

「本小姐說要送『你』，就別放在心上了。」

噴水池被夕陽照耀著。由於坐在同一張長椅上有點害臊，兩人於是相隔了一點距離，坐在噴水池的池邊。

「……話說回來。」

愛麗絲拎著飲盡的玻璃瓶，望向身旁的少年。

「你幾歲呀？」

「現在十六，年底就十七了。」

「……咦？那我還比你大一歲呢。」

原來年紀如此相近。

雖然早有預期，她卻意外地沒想過對方年紀比自己小的可能性。

「原來你年紀比我小呀，那本小姐允許你把我當成姊姊尊敬喔？」

「我可不想被會迷路的姊姊這麼說耶。」

「才、才不是迷路呢！那只是中立都市的觀光行程的一環啦！」

那是一段沒什麼重點的對話。

除了碧布蘭之外還有喜歡的畫家嗎？上次的義大利麵話題也拿出來聊了一下。聊著聊著，雙方很有默契地同時中斷對話——

打了個瞌睡。

當愛麗絲察覺到自己有一瞬間完全睡著時，夕陽的下緣已經要沒入地平線了。

「呃……本、本小姐居然……？」

雖然最近一直為原因不明的失眠所苦，但竟然在敵國劍士的眼前沉沉入睡，這是何等愚昧的行為啊。

她反射性地望向身旁。

「……伊思卡？」

少年坐在噴水池邊，正饒富規律地頻頻點頭打著瞌睡。

他的雙眼緊閉，聽得見沉穩的鼾息聲。

「你睡著了？」

是在裝睡嗎？

愛麗絲為了確認而湊了上去。結果——

「…………」

發出鼾息的少年就這麼依偎了上來。

像是要將臉枕在自己的胸口似的。

「呀？」

她反射性地僵住身子。

「欸、欸，你在做什麼啦？」

「…………」

「……真是的，你怎麼能睡得這麼安心呀？果然還是個小孩子……雖然本小姐也打了一小會兒的盹呢。」

少年以全無防備的模樣深深地睡著。

說不定他和自己一樣，已經很久沒有睡個好覺了。聽著他沉穩的鼾息，愛麗絲湧現了這般想法。

「我們可是敵人喔？即使是在中立都市，如此毫無防備也不是好事吧？本小姐……本小姐……只要有那個想法，明明可以一擊解決掉現在的你……」

沒有回應。

這滿是破綻的身姿，讓愛麗絲對著天空深深嘆了口氣。

「傻瓜。睡在這種地方，豈不是會感冒嗎？」

她小心翼翼地抱起了靠在身上的伊思卡，讓他橫躺下來。

在確認少年睡得很熟之後——

「不好意思。」

愛麗絲叫住了開在眼前的街道上的旅客車(計程車)。

「請將他載到帝國，在帝都的入口下車。」

「喂喂……」

司機隔著窗戶重重地皺起臉龐。

「小姐，妳這樣的要求讓我很傷腦筋啊。都這麼晚了耶？就算開得再快，也得飆上六小時才能進入帝國的領土；至於抵達帝都的時候，恐怕已經是深夜或是黎明時分啦。妳打算出多少錢啊？長程車資和非工作時間出勤的費用可是高得嚇人喔。」

「我會先付清車資的。」

「嗄？妳說先付清，是打算給多少——」

「請收下。」

在司機把話說完前——

愛麗絲從包包裡取出了一整疊鈔票，扔到了司機手裡。

那是全球共通紙幣。別說是付清車資了，那樣的金額就算買一台全新的旅客車(計程車)都綽綽有餘吧。

「找零的部分請您隨意。」

「……謝謝惠顧。」

「請好好對待他喲。」

「遵命！」

司機一鼓作氣地衝到噴水池旁扛起伊思卡，並讓他睡在後座。當司機坐回駕駛座後，旅客車（計程車）便以凶悍的速度朝著都市的出口揚長而去。

「可別誤會了。這是你幫我帶路到美術館的回禮。只是這樣而已。」

目送車子自視線中消失後，愛麗絲也隨之背對廣場。

回家吧。

……但這是怎麼回事？

……直到今天之前，我都沒發生過那種睡意忽然上湧的狀況啊。

自從在尼烏路卡樹海與伊思卡交戰後，直到今天為止——

腦海裡都烙印著伊思卡的臉孔，總是害她夜不成眠。

燐雖然說是肇於那場戰鬥帶來的緊張感尚未消除所致，但若是如此，在始作俑者——伊思卡的面前，她更不可能會有一絲睡意。

「真是的，到底是怎麼回事啦！」

總覺得腦袋裡的迷霧不但沒有消散，反而變得更加厚重了——想到這裡，愛麗絲便氣沖沖地將路邊的小石頭踹得老遠。

Chapter.4　「在使命與心境的夾縫之間」

1

帝都第三管理區內。

「嗚嗚嗚嗚嗚……」

在基地二樓的小隊用作戰室裡。

房間採用了完全密閉型的隔音設計。而在中央的桌子旁，嬌小藍髮的女隊長正對著堆積如山的資料發出痛苦的呻吟。

伊思卡在她身旁就坐，並遞給她一瓶果汁。

「米司蜜絲隊長，喏，我幫您買來了愛喝的碳酸果汁嘍。」

「哇——是薑汁汽水耶！」

米司蜜絲的表情登時變得容光煥發。

她像是撲向獵物的猛獸般，迅速以雙手抓走了冒著水珠的瓶裝果汁。

「喏，音音和陣也拿去，稍微休息一下吧。」

「真難得啊。」

「咦？」

「你居然不是買鋁罐，而是買玻璃瓶裝的。」

坐在對面的陣露出了略感意外的眼神，交抱雙臂。

「是鋁罐版的賣完了嗎？」

「不是啦，我其實也沒注意到這件事，大概是一時興起……吧。」

在被陣指出這一點前，他完全沒有自覺。

冒著水珠的瓶裝果汁，那是——

「這給你，就當作是帶路的回禮。你一直說個不停，口也渴了吧？」

「……話說回來，我收過一瓶瓶裝果汁呢。」

「收到了？誰送的？」

「啊、不不不！不是啦，是我自己花錢買，然後店員拿給我的啦。因為我去了一趟中立都市嘛。」

面對陣挑起眉毛追問，他連忙用力搖了搖頭。畢竟不能說是冰禍魔女送的，要是說出口，肯定只會招致混亂而已。

……話說回來，我是怎麼回來的？

……好像不知不覺間上了旅客車（計程車），回過神來好像就抵達帝都了。

而且還說車資已經預先繳清。

即使聽到司機這麼解釋，他依舊無法理解發生了什麼事。就算自己在渾渾噩噩間上了旅客車（計程車），忘了帶錢的自己也不可能支付車資。

既然如此，先幫他付清車資的是……

「人家不行了啦！」

米司蜜絲發出了「匡噹」一聲，從座位上起身。

「得記住的部分實在太多了！這是怎麼回事呀？璃灑坐鎮指揮的特別任務要到下禮拜才會公布，為此進行的訓練要下個月才會開始喔？可是被分類為事前需知的資料怎麼會多成這樣……」

資料在桌上堆成了約一公尺高的小山。

而這小山還不止一座。同樣高度的小山在後面排成一列，形成資料的山脈。

「嗚嗚，說什麼『在開始作戰前不全記在腦子裡，就無法保證能平安歸來』，也太過分了吧？」

「但也有說『就算記住了也不見得能平安歸來』就是了。」

「音音小妹，我不想聽這句話啦！」

米司蜜絲再次回到座位上。

但她這回呈現無力地趴在桌上的姿勢。

「聽課聽累之後就被帶到演習場做肌力訓練，訓練到身體累了就看資料念書，念書念累了又再次訓練……都不告訴人家要出什麼任務，所以不管做什麼感覺都好不踏實喔。」

「還是可以猜到不會是什麼正經的任務吧。」

這麼開口的陣，以驚人的速度讀過手中的一疊資料。

「話說回來，伊思卡——」

『嗨嗨——米司蜜絲，妳人現在在哪裡呀？』

廣播聲打斷了陣的話語。那是璃灑的聲音，她應該是從中央基地的作戰中心捎訊的吧。

『狀況還好嗎？該不會正因為得記下的資料太多而哭著抱怨，還惹得陣陣露出傻眼的表情吧？』

「心驚……」

『還有，可別叫小伊去買果汁喔？上司對部下下達任務以外的命令可是違反規定的喔，這可不行。哦，不過薑汁汽水如果還有多，咱倒是也想來一瓶呢——』

「妳在看吧？可惡，快給我滾出來啦！」

隊長環顧起不可能裝有監視器的這間房間。

『好啦，先不聊這些了。小伊，能麻煩你走點遠路嗎？』

「要去璃灑小姐的所在之處嗎？」

『不不──是帝國議會喔。』

第五席使徒聖沒有要遮掩苦笑的意思。

『雖然大家差不多都快忘記了，不過小伊直到不久之前都還在蹲苦牢呢。你之所以得以獲釋，是拜誰的寬宏大量所賜呀？』

「……我記得很清楚。」

八大使徒──站在帝國議會頂點，掌握最高層的權力。他們以天帝代理人的身分，握有帝都的一切實權。

『聽說那些大人物們也讀完了尼烏路卡樹海之役的報告書，所以才打算召見你呢。』

「……難道他們覺得伊思卡哥沒利用價值了，要把他再關回牢裡嗎？」

『好啦好啦，小音音冷靜一點。咱也是剛剛才收到消息的。』

音音不安地朝伊思卡望了過來。

與其恰成對比，璃灑透過廣播喇叭傳來的聲音相當隨興，甚至還帶著呵欠聲。

『總之就走一趟吧。下午四點在老地方集合喔。』

「又是一聽就讓人覺得不太對勁的事啊。」

陣將身子靠上椅背開口說道：

「那些八大使徒絕對不會準備什麼讓人開心的好消息，畢竟是師父處心積慮地提防再三的對象啊。他們腦袋裡會有什麼想法都不奇怪。」

「……也是啦。」

黑鋼劍奴克洛斯威爾——曾是帝國最強劍士的男子所最為忌憚的對象，既不是涅比利斯皇廳，也並非星靈使。

「別對八大使徒推心置腹」。

曾擔任天帝直屬護衛的師父叮囑他留心的對象，乃是掌握帝國至高權力之人。

「總之我會過去看看。」

「阿伊！要、要是出了什麼事，人家也會以隊長身分趕過去的！」

米司蜜絲以極其嚴肅的口吻說道。點頭回應表情像是遠遠守望著親生兒子的隊長後，伊思卡隨即離開了房間。

‖

帝國議會。

別名「無形意識」。

會有這樣的別稱，是因為議事堂的位置從未記載在任何一份地圖上所致。

場所會由上司以口頭形式告知部下，絕對不會記載在書面文件上。伊思卡也是在升上使徒聖時，才首次聽說到確實的所在位置。

「在帝都的地下五千公尺處啊……」

溫度其實已經來到了一百五十度。

這是連地底的微生物也不知能否生存的星之深淵。唯有搭乘中央基地設置的巨大電梯，才能抵達這座「無形意識」的位置。

……為了避開涅比利斯皇廳的視線。

……這也做得太過周到了吧。

就算帝國全土都被涅比利斯的星靈部隊化為焦土，對他們來說也不痛不癢。總覺得在這裡可以聽見八大使徒的嗤笑聲。

『讓你久等了呢。』

於伊思卡仰頭所看向的正前方，掛在牆上的螢幕亮了起來，浮現八名男女的朦朧身影。

八大使徒。

他們乃是執帝國牛耳的八人，呈現在螢幕上的僅有身形輪廓。

『好了，黑鋼後繼伊思卡，我等已經確認過報告書。』

『與冰禍魔女交戰後將其擊退，你果然是個優秀的人才。』

語氣之中聽得出有些愉快。

察覺到八大使徒心情不錯後，伊思卡暗自鬆了口氣。

雖然有一部分是出於被上司叫來所產生的緊張感，但不曉得這八人想法的不踏實感才是主要原因。

「然而在下沒能保護動力爐。」

『你被賦予的使命乃是阻擋冰禍魔女，而非保護動力爐。』

『帝國握有足以與冰禍魔女抗衡的戰力——光是能確認這點，就已經可以打上一百二十分的成績了。再次升任使徒聖也能被列入議題之一了呢。』

使徒聖——聽到八大使徒提及的話語，讓伊思卡反射性地抬起臉龐。

再怎麼說也太快了。

帝國是奉實力主義為圭臬的國家。擁有超絕技術的一般士兵，也有機會直接跳過隊長階級飛黃騰達……然而，縱使將這樣的方針列入考量，像自己這種曾犯下叛國罪、鋃鐺入獄的罪人，真的能在這麼短的時間內重新升為使徒聖嗎？

『我等也理解你為和平奮鬥的想法。一旦當上使徒聖，要謁見天帝大人也不再是夢想。不過，若是打算升上去，你自然有必要令其他的使徒聖候補乖乖閉嘴。尤其你在帝國可是無人不知的前科犯啊。』

低沉的嗤笑聲透過螢幕傳了過來。

其中似乎包括了壯年男子、上了年紀的老人和年輕女子的聲音。

『為此，就讓我等告訴你升任使徒聖的條件吧。那就是──』

『「生擒冰禍魔女」。』

「唔！我怎能將愛麗──」

險些脫口而出的愛麗絲之名，總算在最後一刻被吞了回去。

就連他自己也不明白為什麼要拚命隱瞞她的名字。有一部分的自己抗拒著將愛麗絲莉潔・露・涅比利斯九世這個名字呈報給八大使徒。

伊思卡曉得她與自己是敵對關係。

然而，自己真的做得到嗎？

……要我親手將愛麗絲……

……帶回軍方司令部……嗎……

「你幾歲呀？」

「……咦？那我還比你大一歲呢。」

她露出了輕快的微笑。

身為敵人的她，對自己展露了一瞬間的融冰之心。當時的記憶像是在嘲笑自己般，在這一刻鮮明地一閃而過。

『我等不會設立期限，但動作最好快些——倘若帝國有你欲守護之人就更該如此。』

「動作加快？請問這是什麼意思？」

八大使徒的口吻，就像是預見了不祥的未來似的。

如果這番話只是打算用來威脅伊思卡，犯不著將格局設定得如此巨大。

『不曉得你是否曾聽過這種傳說——「大魔女涅比利斯依然活著」。』

「在下小時候的確多次聽過這段故事。」

只要是帝國的居民，任誰都聽過這段近似鬼故事的傳說。不過，這並非經過研究考察後得來的結果，硬要說的話，比較近似「世界會在一年後滅亡」的末世論者宣揚口號。

「不過這種故事究竟……」

『唔嗯，看來你果然什麼也不知道。』

聽似愉快的嗤笑聲傳來。

『將那段傳說帶至帝國的不是別人，正是你的師父本人啊。』

「師父他？」

『我等想一探真實的究竟。』

『那名男子（克洛斯威爾）——「黑鋼劍奴」對我等也祕而不宣之事。雖然認為身為後繼的你應當不至於一無所知，但看來是撲了個空……「那就這樣吧」。』

『忘記剛才提及的事吧。』

他們對自己這個小小士兵驀地失去了興趣。

八大使徒的口吻逐漸變得冰冷、乾硬。

『你只需追捕冰禍魔女即可，只要達成此事，就能讓你升為使徒聖。當然，即使鬼迷心竅，也別像之前那樣協助魔女逃獄了。』

『我們很期待你喲。』

『好了，出發吧。我等很快就會向璃灑・英・恩派亞發布下一次的作戰通知，你只要依據指示行動即可。』

「………」

他無言地點頭致意。

在一句話都說不出口的狀態下，伊思卡轉身背對八大使徒。

＝

於半夢半醒之間。

一直到天亮時分為止——

視野和思考都變得朦朧，感覺像是被囚禁在迷夢之中。

就算回到米司蜜絲隊長、陣和音音等待的基地，四人靜靜地閱讀作戰資料的這段期間，他也是一個字都沒記到腦海裡。

甚至想不起來自己是怎麼從基地的會議室回到宿舍的。

回過神來，伊思卡才發現自己已然蹲坐在房間內。他連燈也沒開，就這麼一路思考到了深夜。

「你爲什麼喜歡這個畫家？」

愛麗絲是敵人。

她是向帝國掀起叛旗的大魔女涅比利斯的直系子孫——純血種，也是現任涅比利斯女王的女兒，更是成為帝國威脅的冰禍魔女。

自己可曾遇過立場如此鮮明的敵人？

而自己又可曾遇過如此完美的獵物？

只要能活捉她，兩國的戰力天秤肯定就會重重地傾斜。一旦以愛麗絲為人質，就算是皇廳也不得不選擇談和。

就這層意義來說，八大使徒的目的無疑與他的理想一致。

然而——

「……說不定是我錯了。」

伊思卡抬頭望向星光映入的窗戶，輕聲喃喃自語。

「如果不靠談和或是人質等手段，難道就沒辦法好好相處了嗎？」

不活捉魔女的話就無法實現和平。

自己迄今都是這麼認定的。正因為抱持著這樣的想法，他才會與涅比利斯的星靈部隊交戰，並為了生擒純血種魔女而出入各地的戰場。

……但我錯了。

……就算不談什麼和，愛麗絲依舊笑了。

伊思卡與愛麗絲。

儘管稱不上產生交情，但兩人確實在中立都市度過了一段安穩的時光。帝國和涅比利斯皇廳當初不也是這樣嗎？

自己不就找到了不靠談和，脫離對立意識的其他選項了嗎？

「——————」

伊思卡伸長一條腿，豎起另一條腿的膝蓋。

他單手環膝，以另一隻手取出了通訊機。通訊機的燈光閃爍，伊思卡則耐心等著另一端的對象通話。

『來、來了……阿伊……這麼晚……呼啊……有什麼事？』

「抱歉，隊長，這麼晚還打給妳。」

米司蜜絲睡眼惺忪的說話聲傳了過來。

伊思卡先是沉默了一段時間，等待米司蜜絲徹底清醒。

『好了好了，阿伊，人家沒事了喔。』

「突然提出申請我很抱歉，但我希望能請假蹺掉明天的訓練。」

『耶？怎、怎麼了呢？』

在通訊機的另一端，女隊長的聲調因驚愕而拔高。

『阿伊會想蹺掉訓練，難道是身體狀況不好嗎？還是對人家的指導有所不滿……？對、對不起喔阿伊，都是因為人家這個隊長當得太爛………』

「不不不不您誤會了。」

『啊？難道是因為人家今天晚上偷偷一個人去吃燒肉？對不起喔阿伊，人家沒想到你居然那麼想吃肉……』

「就說不是那回事了啦！」

他清了清嗓子。

即使感受到握住通訊器的力道在無意間變得用力，伊思卡仍擠出了說話聲：

「我有事情要辦，得去中立都市一趟。」

『中立都市？咦，可是你不是才拿了璃灑給的票券去看了畫展嗎？而且之前也拿了人家的歌劇票券……』

「我不是要去看展或表演，只是想和某個人見面聊聊。」

『然後呢？』

「那個，我們要談的是非常嚴肅的內容，所以搞不好會拖很久……但也可能馬上就大吵一架，然後鬧得不歡而散就是了。」

他驀地湧上一股想要苦笑的衝動。

自唇邊洩漏而出的，僅是帶著自嘲氣息的沙啞嗓音。

「我打算一大早就出發。但由於離帝都有些遠，光是來回就要十小時左右，而且也不曉得什麼時候會回來。」

『所以你才想要請假呀。』

「是的。」

明天是四人訓練，若是只少了自己，就得重新安排明天的行程。不只是隊長米司蜜絲，此舉也會給陣和音音帶來困擾吧。

『是很重要的事嗎？』

「……是的，麻煩隊長了。」

女隊長在通訊器的另一端沉默下來。

等了漫長的數十秒後，通訊器才傳來了一聲沉重的嘆息。

『真沒辦法，畢竟阿伊都說得這麼認真了。』

「謝謝您。」

『但人家也有一個條件，明天我也要跟去。』

「咦？」

為什麼連隊長也要來——？伊思卡一瞬間猶豫著該不該詢問對方的意圖，但先一步開口的反而是米司蜜絲。

『你照照鏡子。』

「鏡子？」

『阿伊，你現在一定僵著一張臉對吧？』

「……唔。」

聽到這句話……

伊思卡半是下意識地睜大了雙眼。

『喏，我就說吧。人家聽得出你倒抽了一口氣喲。』

米司蜜絲嘻嘻地笑了出來。

『因為你從一開始就是以逞強的口吻在講話，而且還在這麼晚的時候打電話給人家，應該是被逼得很窘迫吧？』

「……我完全無言以對。」

他按著額頭，深深地嘆了口氣。

縱使想恭維米司蜜絲，她在平時的思考速度仍稱不上快，記性也算不上優秀。不過，就只有在部下的心情變化這方面，她掌控的精確度到了讓人害怕的地步。

「是我輸了。真不愧是隊長。」

『嘿嘿——還好啦。不過誠如剛剛說過的，人家反對只讓阿伊一個人去，因為光聽你說就覺得不是一場普通的會面。以隊長的立場來說，人家也沒辦法讓處於這種狀態的部下孤身去赴約呀。』

「……我明白了。」

他點了點頭。

畢竟再怎麼隱瞞，終究還是有得向軍方報告的一天。而在與她對談時，若有上司陪同，也能強調自己的立場。

「米司蜜絲隊長，就有勞您陪同了。」

『就是這樣！順帶一提，衣服要怎麼穿？如果是便服，人家就得從現在開始挑衣服了！』

「穿平時的戰鬥服就可以了。」

自己這一方是帝國的戰鬥員。

明天得帶著這種態度到場才行。

「那就明天早上六點，在車庫前碰頭吧。」

他掛掉了通訊器。

伊思卡帶著清醒得連自己都感到害怕的意識，透過窗戶持續仰望著帝都的夜空。

2

「愛麗絲大人。」

在強光照耀的走道上。

正要從王宮的大澡堂回房間的愛麗絲被叫住後，轉身望了過去。

「燐，妳跑到哪裡去啦？我原本要找妳一起洗澡的呢。」

「…………」

「燐？」

隨從少女僵著嘴角，一語不發。

琥珀色的眸子直直地看了過來。那並非憤怒或不安那種顯而易懂的情緒，她的目光之中所參雜的是——深深的憂慮之色。

「我有話要對您說。」

「什麼事呢？」

對於愛麗絲的回應，隨從少女壓低音量道：

「我調查到關於那名帝國劍士的資訊了。」

「伊思卡的？」

她一直都很在意他的來歷。

……雖然在中立都市相遇兩次了。

……但這怎麼能向當事人開口提問呢？

他的實力足以和帝國的最強戰力——使徒聖匹敵吧。

然而，他的階級只是個連隊長級都不算的下級士兵。而且在脫離戰地期間，他身為劍士的猙獰氣息彷彿不曾存在過一般，看起來就像個溫和而充滿破綻的普通少年。

「告訴我。」

「好的。不過在走道上似乎……」

「當然是在我的房間匯報了。走吧。」

王宮的通道難保不會有其他人經過。

特別是愛麗絲和燐都隱瞞著在中立都市艾茵與他（伊思卡）相遇一事，甚至連女王都不得而知。要是被人聽到就難以收場了。

「不過，妳還真是花了不少時間呢。」

愛麗絲的個人房——「鐘之寶石箱」。

她親自將房門緊緊關上。

「本小姐可是交給妳去辦。倘若是使徒聖的情報也就算了，但要調查一名下級士兵的來歷，就算派出咱們家的密探，應該也只需要花上幾天才對。」

她倒是沒料到會在這段期間與調查對象接連相遇兩次。

他喜歡義大利麵，興趣則是欣賞歌劇和繪畫。

就連密探都沒辦法輕易打探到的情報，她就這麼自然而然地得手了。

……以及睡臉有點可愛。

……嗄，本小姐在想什麼啦？現在是該認真以對的時候吧！

「向我報告吧。」

愛麗絲壓抑著內心的糾葛，向燐點了點頭。

「……他到底是什麼人？」

「使徒聖。」

隨從少女只說了這麼一個詞彙。

「而且似乎是史上以最小的年紀升任的使徒聖。即使放眼帝國所有劍士，他肯定也是稀世罕見的高強人物。」

「使徒聖？等等，燐，這太奇怪了。」

帝國的使徒聖合計有十一人。

每一個人都擁有足以讓涅比利斯星靈部隊潰滅的危險性。是以從數十年前起，皇廳便在收集使徒聖的資訊方面不遺餘力。

愛麗絲自己也把十一名使徒聖的情報全都牢牢記到了腦海裡。

「本小姐可沒聽過伊思卡是使徒聖呀……」

「這是因為他從未留下與星靈部隊的交戰紀錄所致。在晉升後，他在沒有上過戰場的狀態下，就被取消了晉升的資格，然後被關進監獄。」

「關進監獄？」

她皺起了眉頭。

明明是能升任使徒聖的人才，為什麼非得將他送進牢裡不可？

「原因呢？」

「……我實在沒辦法親口說明。」

難得露出軟弱神情的燐，遞出了一份褪色的帝國八卦雜誌。

「史上最年少的『使徒聖』伊思卡——」

「由於協助魔女逃獄，以叛國罪遭到逮捕，並下達了無期徒刑的判決。」

……無期徒刑。

……可是等一下，上面寫的協助魔女逃獄是怎麼一回事？

八卦雜誌的發行日差不多是距今一年前。

「由於協助被關在帝國領內的魔女——也就是星靈使逃獄，因此取消了他升任使徒聖的資格。保險起見，我也找過了其他的情報來源。不過八卦雜誌上所刊載的似乎是事實。」

「雖然當上了使徒聖，但很快就卸下了頭銜。所以本小姐才會沒聽過嗎？」

「不只是愛麗絲大人而已，就連派出去的密探都感到吃驚呢。」

「不過——」話說到一半時，燐摸了一下垂在臉頰左右的髮辮。這是她的習慣動作，當深入思考時，她總是會下意識地觸摸頭髮。

「正如愛麗絲大人所知，他如今已然獲釋。」

「這我很清楚呢。」

「他是在十一天前獲釋的，正好是愛麗絲大人在尼烏路卡樹海與那名劍士交手的前一天。」

為了與冰禍魔女交戰，伊思卡受到釋放。的確，若有那般高超的身手，也能理解帝國會願意安排他一個人對抗純血種魔女。

「不過，本小姐愈想愈不明白呢。」

她低頭看著手中的八卦雜誌。

「在中立都市的時候姑且不論。但在那片樹海與他相遇時，伊思卡是真的打算和我一戰。燐也被他問了『妳是不是冰禍魔女』的問題對吧？」

「是的。雖然我不是很想回想那時候的事……」

或許是想起自己發起攻勢卻反遭壓制的光景吧，燐講話時顯得有些支吾。

「然而就如您所言，那名名為伊思卡的劍士，確實有與涅比利斯皇廳一戰的意志。不如說就種種跡象來看，他甚至有可能是以冰禍魔女——也就是愛麗絲大人為目標呢。」

「既然如此，他又為何要在一年前釋放我們的同胞？」

她不得不直視這兩起事件之間的矛盾。

明明做出了讓魔女逃獄這樣的行動，卻又為了生擒自己和燐而展開了戰鬥。

……明明對帝國來說都一樣是魔女呀？

……那個被他放跑的魔女，和我有什麼不同呢？

「那起可疑的魔女逃獄事件，說不定是為了欺騙我等所做的障眼法。」

「燐，去調查一年前被他（伊思卡）放跑的星靈使。」

「我已經在處理了。不過應該還得再花上幾天的時間。」

「動作真快，妳果然有一套呢。」

滿足地點點頭後，愛麗絲在床鋪的邊緣坐下。

——今天就先到此為止吧，該就寢了。

與燐這十年來的主僕交情，自然而然地產生了類似這樣的暗號。

其他還有像是愛麗絲望向櫥櫃上的茶杯時就代表「想喝茶休息一下」，燐自己拎起圍裙時代表「請容我離開處理私事」等無言默契。

燐退出了房間。

確認在通道上作響的腳步聲逐漸遠去後，愛麗絲將手伸向自己的枕頭。

「她應該沒發現吧……？」

那是一條手帕。是他在中立都市艾茵借給自己的。

當燐提議「既然是敵國之物，就由我代勞燒掉吧」時，她向燐表示「已經將手帕燒了」，但其實是藏到了枕頭底下。

「……畢竟什麼時候想處理都行。」

愛麗絲也知道這樣的說法就像在找藉口。不過，還不是時候，她還沒問過伊思卡真正的想法。

「但美術無國界——這句話是愛麗絲說的吧？」

……我不懂。

為了擦去淚水，他將手帕借給自己。

幫自己領路前往美術館，還拚命地講解起畫作的細節。

就連這些貼心之舉，也都是燐所說的「欺敵用的障眼法」嗎？在中立都市看到的純真一面，難道也是演出來的嗎？

確認完這些事情之後再來處理這條手帕也還不遲。

「妳似乎對敵國的士兵相當掛心呢。」

「母親大人？」

房門在未敲響的情況下被打開了。

雖然已是深夜，母親依舊穿著白天穿著的王袍（禮服）現身。也許是剛剛才結束公務，現在才正要回房休息吧。

「您、您怎麼突然來訪？」

愛麗絲慌慌張張地將他（伊思卡）的手帕藏到身後。

「我聽說妳命令燐去調查敵兵的來歷了。不過，我已經指派諜報官處理此事，愛麗絲，妳無須對此掛心。」

「……」

「還是說，那人有什麼值得妳特別在意的地方嗎？」

「不，是我太躁進了。」

在中立都市與伊思卡的相遇似乎尚未曝光。從母親的話語中察覺此事後，愛麗絲暗自吁了口氣。

「這也算是調查敵情的一部分……」

「我知道妳有自己的考量，然而，要是妳插手得太過，妳的姊姊（伊莉蒂雅）和妹妹（希絲蓓爾）可是不會給妳好臉色的喔。」

愛麗絲的姊姊——長女伊莉蒂雅，以及妹妹——三女希絲蓓爾。

兩人都是配得上純血種之名的一流星靈使，在皇廳處理政務的手腕也讓人讚賞有加的才女。

同時也是愛麗絲競爭下一任王座的對手……

姊姊（伊莉蒂雅）和妹妹（希絲蓓爾）在王宮各處布下眼線。對身為次女的愛麗絲來說，能好好放鬆身心的地方就只有自己的房間和燐陪伴在身邊時而已。

「還有另一件事。妳似乎又買了帝國畫家的畫作呢。」

靠牆的書架。

母親正以傻眼的神色望著排列在最上層的畫冊。這些畫冊都沒在涅比利斯皇廳販售，是愛麗絲費了不少功夫弄到手的。

「帝國是我們的敵人。」

母親這句話，究竟已經傳進愛麗絲的耳裡多少次了呢？

「那是蔑稱我們為魔人、魔女，還加以排擠迫害同胞們的巢穴。帝國過去對我們的欺壓行為，正是不折不扣的狩獵魔女，也不知道有多少數量的星靈使在這段歷史中犧牲。而打垮帝國使其屈服，便是星靈使們的宿願。」

「…………」

「帝國的繪畫亦是如此。妳應該知道，帝國畫家多以『狩獵魔女』和『審判魔女』為題創作對吧？他們也是帝國的走狗，收集他們的畫冊乃是不智之舉。」

「……我明白了，母親大人。」

「我想說的就只有這兩件事，打擾妳晚上的時間了呢。」

母親離開了房間。

在再次變得只剩自己的房間裡，愛麗絲呆呆地站了好一會兒。

……母親大人說的真的是對的嗎？

……帝國領內的居民，難道都無一例外地是不可饒恕的存在？

「妳究竟是何許人也？」

「不僅隻身一人就踏入了帝國據點（敵方）之中，還能突破防線，摧毀動力爐……一般的星靈使可沒這種本事。」

伊思卡不一樣。

在尼烏路卡樹海與自己對峙時，他沒有用上魔女這個蔑稱，似乎刻意選用了「星靈使」這樣的詞彙。

而母親則斷定帝國居民全是會以魔女和魔人稱呼己方的野蠻之人。

究竟是哪一方懷有歧視的心態呢……

她取出藏在身後的手帕，再次放到膝蓋上。在像是要以視線燒穿一個洞般凝視良久後——

「好，本小姐決定了！」

愛麗絲用力呼了口氣，衝出房門。她大步地走在夜深人靜的通道上，來到了隔壁房。

「燐！燐！妳還醒著嗎？」

然後一鼓作氣地推開房門。

「快去做出門的準備。」

「您、您突然間說些什麼呀？」

身穿睡衣的燐手上拿著睡帽轉過身來。她現在解開了髮辮，呈現長直髮的髮型，比起平時的造型顯得更為成熟。

「我要在明天一大早離開王宮。由於要去中立都市，妳就著手準備吧。」

「您又要去了嗎？」

燐發出了近似慘叫的喊聲。

「不過，要是遇上了那名叫伊思卡的劍士……」

「本小姐就是要去見他的。」

「……大人？」

「我想親口確認他真正的意思。」

愛麗絲咬緊下唇，背向隨從少女。

「所以，這肯定是最後一次了。」

3

在熱浪四起的公路上。

就在原先待在地平線上頭的太陽即將登上天空頂點的時刻——

被蒸發得沒留下一滴水分的紅銅色大地迸出了蜘蛛網狀的裂縫，化為只餘下少量雜草叢散布的荒野。

「中立都市艾茵呀，人家也很久沒有開車去了呢。」

越野車在荒野中急馳而過。

握著方向盤的米司蜜絲，像是對直曬的陽光感到刺眼似的瞇細雙眼。

「人家吩咐過阿陣和音音小妹嘍，他們今天都是自由訓練。」

「謝謝您。」

「嗯。不過天氣真好，是個萬里無雲的大晴天呢。」

風兒吹過了沒有車頂的開放型車體。

看似舒服地輕晃頭髮的女隊長，用力踩下油門踏板。

「對了，阿伊，如果你願意先和我說今天要見面的對象，人家會很開心的喔。」

「隊長覺得會是誰呢？」

「帝國的大人物，至於第一順位大概是璃瀧以外的使徒聖吧？阿伊，你之前不是才被八大使徒召見嗎？該不會是要出了帝國進行密談吧？」

「我可沒有那麼了不起呀。」

中立都市艾茵的影子漸漸從地平線的另一端浮現。伊思卡一邊回想起有著歌劇與繪畫之都這般美譽的街景，一邊對隊長露出苦笑。

「我並不認識其他使徒聖，畢竟一下子就被降級了。」

「人家有聽說那十一人的競爭意識非常地激烈呢……嗯～～？那這麼一來，人家就猜不到你今天約好要碰面的對象了耶。」

「我並沒有和對方約好。」

「什麼意思？」

「我只是莫名覺得『對方會來』而已。至今我雖然從未信過宿命或命運一類的東西……不過……大概還是會和對方相遇吧。」

「所以說？」

「如果沒跑這一趟，我也不曉得對方會不會現身呢。」

伊思卡對著感覺很想抱頭叫苦的米司蜜絲聳了聳肩。

他透過擋風玻璃望向中立都市艾茵。

「話說回來，隊長，天空是不是有什麼在飛啊？」

一道黑影在蔚藍的天空中飛行。

從兩人的視角望過去，只見那東西正從東北方——剛好與太陽相同的方向朝著中立都市艾茵前進。

「……是鳥呢。隊長，有一頭好巨大的鳥。」

那是彷彿會出現在神話世界中遨翔的怪鳥。

雖然乍看之下像是一頭巨鷹，但牠那長蛇般的尾巴正隨風飄動，毛色則是藍白混和的大理石色調。

宛如繚繞在蒼穹之中的朵朵白雲。

巨鳥身上的色彩就像是一幅美麗的風景畫。

而且牠的身軀龐大——畢竟即使在遠處地上的越野車，也能清楚看見牠的樣貌。若是降落在眼前的話，肯定會呈現出遠比人類大上許多的巨大身軀吧。

「喔——好難得，是古鳳耶！這是活化石等級的生物呢！」

駕駛座上的米司蜜絲輕輕歡呼了一聲。

「牠是鳥的老祖宗，帝國的領地內已經幾乎看不見了。我們在演習訓練的時候會用上很多槍枝對吧？牠們就是討厭槍聲，所以逃到遠處去了。」

「逃到帝國領土以外的地方嗎？」

「沒錯沒錯。不過古鳳很聰明，聽說只要提供飼料，就可以當成看門鳥，受過訓練的話還能載人呢。所以在遠離帝國的區域之中，現在還有專門飼養、訓練古鳳的村子。比方說——」

米司蜜絲以目光追著巨鳥的飛行軌跡。

「我在報告書有看過，涅比利斯皇廳就養了好幾隻呢。」

「……涅比利斯？」

他像是連眨眼的時間都嫌可惜似的仰望起古鳳。既然是從東北方飛來，那就正如米司蜜絲所言，是涅比利斯皇廳領土所在的方位。

此外，也不曉得是不是自己的錯覺。

振翅飛翔的巨鳥背上，似乎載了人。

「……該不會……」

「阿伊？」

「隊長，請就這麼開往入口，然後在門口停車。」

古鳳飛越了城牆上空，朝著都市降落。而兩人搭乘的越野車也像是在追逐古鳳似的，抵達了艾茵的城牆。

「欸欸，阿伊，你想見的那個人結果該怎麼辦啊？」

「我想，對方似乎也剛剛抵達了呢。」

他仰望起天空。

只見古鳳像是被燦爛的陽光所吸引似的高高飛起。

想必是完成了載送主人抵達中立都市的任務，再次返回棲息處所在的涅比利斯皇廳吧。

「請往這裡走。」

「嗯、嗯？」

在對隊長使了個眼色後，伊思卡踏上了中立都市艾茵的街道。

街景被美輪美奐的花朵點綴。

和上次來觀賞歌劇時相同，明明天氣炎熱，演奏家們仍是在街頭各處演奏音樂，畫家們攤開畫布，遊客則是開心地觀望他們的模樣。

這是足以讓人忘卻時間流逝的和平時光。

雖然帝國與涅比利斯皇廳不斷上演一場場激烈的戰事，但人們仍能像這樣過著與戰火無緣的生活——這是會讓人不禁有這種感嘆的光景。

「——」

在廣場面前，伊思卡停下腳步。

「看來還真是意氣相投呢。我們究竟是在什麼樣的星星底下誕生的呢？」

美麗的少女打著陽傘說道。

她今天穿的不是私人行程時的打扮。如今的她與初次相會時相同，以光鮮亮麗的王袍（禮服）包裹著身子。

「剛剛那頭古鳳是？」

「是我們家養的。雖然幼鳥時期小到可以待在手指上，但養了四年後就會大成那個樣子了。牠的速度可是能輕輕鬆鬆地把帝國的車子甩在後面呢。」

「愛麗絲大人，您嘴上說得寫意，但剛剛不是還慌慌張張地大喊：『燐，快點快點！這是競賽！我們說什麼都要比那台車早到，所以讓牠飛快點！』不是嗎？」

「燐。」

「……我說溜嘴了。」

燐往後退了一步。

愛麗絲側目看了她一眼，以優雅的動作將陽傘收起。

「對了，關於上次的計程車——」

「你在說什麼呢？」

呵——涅比利斯皇廳的公主像是感到好笑似的，嘴角一瞬間勾出了笑容。

但她隨即斂起嘴唇，稍稍瞇細雙眼。她凝視的目標並非眼前的伊思卡，而是站在他身旁的藍髮嬌小女隊長。

「對了，這個女孩子是？」

「是我的上司米司蜜絲隊長。」

「……這樣啊。你也有這方面的顧慮呢。」

愛麗絲將陽傘遞給燐，輕聲說道。

「那個——阿伊？這位好漂亮的女生是誰呀？」

「她是——」

「不用了，本小姐親自報上名來。」

愛麗絲打斷了伊思卡的話語，按住了自己的胸口。

並以行人們不至於聽見的音量說道：

「初次見面，帝國的隊長，本小姐是愛麗絲——愛麗絲莉潔・露・涅比利斯九世。」

「所以是愛麗絲小姐？咦，可是……涅、涅比利斯？」

「對於帝國的諸位來說，『冰禍魔女』這個稱呼應該更加朗朗上口吧。」

「～～～唔？」

米司蜜絲的全身上下重重地抽搐了一下。

「請、請問——？阿伊……這是在開玩笑吧？」

「是真的。」

「這、這這這這這是怎麼回事？」

「我有話要說。」

這麼開口的愛麗絲，眼光依舊停留在自己身上。

「出去一趟吧。跟本小姐來。」

「我明白了。隊長，我們走吧。」

「……到底是什麼狀況呀。」

伊思卡領著半是驚愕的女隊長，追著走在前方的兩人背影。

愛麗絲頭也不回地看著前方。而在一旁待命的燐則是時不時地回頭張望確認狀況。

「我是不會逃的，而且也沒帶其他人過來。」

「少、少囉嗦！我是愛麗絲大人的隨從，監視身為敵人的你有何不可？是說，不許你隨口和我搭話！」

燐有些慌亂地將臉撇開。看她反射性地將手湊近裙子的動作，想必是在身上藏了無數護身用的暗器。

「真是不可思議。」

走在前方的愛麗絲，以視線指向了街道的右端。

視線所及之處，是一名在路上看著畫布的畫家，以及要畫家為他們畫肖像畫的一家人。

「明明就有如此幸福的都市，為何我們卻必須憎惡以對呢？」

那並不是說給伊思卡或米司蜜絲聽的。

她的這句低喃，或許是說給愛麗絲自己聽的吧。

眾人自都市城牆向外踏出了一步。

眼前的景色一變，受到灼陽炙燒的丘陵遠遠地綿延不絕。

「還真熱呢。」

「愛麗絲大人，請用傘。」

「——這麼做就好。」

冰禍魔女打了個響指。

「我會隨意凍住的。」

愛麗絲腳下的地面噴出了寒氣。

原本光腳踩上肯定會燙傷的灼燙沙地在轉瞬間受到冷卻，並沿著眾人的行進方向，向前結凍了數百公尺之遠的地面。

宛如寒冰製成的地毯。

「這、這是怎麼回事……就連帝國的最新兵器都弄不出這麼厲害的寒氣耶。」

米司蜜絲戰戰兢兢地踏上結冰的地面。

「她、她真的是冰禍魔女本尊呢……」

「我想她確實也有這方面的意圖。」

她打算讓敵國的隊長好好明白自己的身分。為了達成這個目的，她所採取的表演手法可說是說服力十足。

「差不多走到這裡就可以了吧？這裡就不用怕隔牆有耳，而看來我們雙方都沒被別人跟蹤呢。」

涅比利斯的公主停下腳步。

在冰之地毯上走了約十分鐘後，從現在的位置朝中立都市望去，已經可以看到其輪廓顯得有些朦朧。站在丘陵上的愛麗絲回過了身子。

「你應該心裡有數吧？一年前犯下叛國罪遭到逮捕的帝國兵——協助被帝國囚禁的星靈使逃獄的古怪使徒聖。」

「……」

「本小姐著手做了調查。反正你已經知道我的身分了，這也很公平吧？」

愛麗絲從丘陵上頭俯視著伊思卡。

「也是呢。」

「況且，像你這般實力高強的劍士，總不可能只是一介下級士兵。如果那邊的隊長比你還強的話，那就另當別論了。」

「嗄？不、不不，完全沒有這種事的？」

被冰禍魔女一瞪，米司蜜絲慌慌張張地向後一跳。

「比起這件事……您、您有何貴幹呀！像您這種大人物中的大人物居然來這裡等阿伊，人家整個人都被搞迷糊了！」

「我有事情想問他。」

愛麗絲對燐使了個眼色。

隨從回應了她的眼神，取出了一份褪色的八卦雜誌。伊思卡有印象——因為他在牢裡的時候也多次看過這份報導。

「第一個問題，這上面寫的都是真的嗎？」

「沒錯。」

「不管是放跑星靈使，還是因此坐了一年牢，都是真有其事？」

他無言地點頭承認。

「為什麼這麼做呢？」

「……那是一個年紀還小的女孩子，大概才十二、三歲，寄宿的星靈也相當弱小。然而，帝國卻打算一視同仁地捉捕這些星靈使，而我討厭他們這麼做。」

「你的說詞和行動有矛盾呢。」

被稱為冰禍魔女的少女，語調帶刺地說道：

「你在尼烏路卡樹海等待著本小姐的現身，並為了生擒我而發動了攻勢不是嗎？你與本小姐相遇的時候打算活捉星靈使，但一年前卻會因為心生憐憫而放跑星靈使？這理由實在讓人無法相信。」

「…………」

「無話可說嗎？怎麼啦，帝國兵？」

隨從少女加強語氣問道。

「是因為被愛麗絲大人的話語戳到痛處，說不出話反駁了嗎？我可是記得非常清楚，你親口問過我『妳就是人稱冰禍魔女的星靈使嗎』呢。之所以會在一年前放跑魔女，看來也只是別有所圖——」

「這並不矛盾。」

他斬斷了話語。

也許是以肌膚感受到了話語之中蘊含的強烈情緒吧，被打斷話語的燐安靜了下來。

「不管是一年前還是現在，我的目的都沒有改變過。」

「那和八卦雜誌上寫的有何關連？」

「談和。」

在愛麗絲的面前，伊思卡說出了短短的一句話。

這還是第一次。

這是他首次對著涅比利斯的星靈使說出自己的誓言。

「我想結束這場戰爭。但就算我費盡唇舌，天帝也不會採納我的意見，而我也不認為涅比利斯皇廳的女王會願意聽我說話。」

「這是當然。」

愛麗絲語帶冰冷地點了點頭。

「你期盼和平的到來嗎？但這是不可能的。你以為我們雙方累積的恨意有多沉重？在其中一方沒有投降之前，戰爭是不會結束的。」

「沒錯。所以我想到的方法，就是活捉涅比利斯的直系——也就是在帝國被稱為純血種的強力星靈使。」

「你要活捉王室？」

「我想，若是聽到血親遭遇危機，涅比利斯王室應該也會大為動搖才對，皇廳的國民也可能會為此感到不安。所以就算再怎麼不願意，王室也只得接受談和的提議。」

「……你打算孤軍奮戰，強硬地開出一條通往談和的道路嗎？」

愛麗絲皺起眉頭交抱雙臂。

她以指尖點向自己美豔的唇角——

「如果抓住我作為人質，女王（母親大人）也不得不坐上談判桌。但一年前被你放跑的女孩，只是個弱小的星靈使，沒辦法在你設想的談和局面中派上用場，所以放走了也無所謂是吧？」

接著她沉默了一會兒。

「……的確沒有矛盾，應該說是維持著一貫的立場呢。」

這麼說著的少女，嘴唇浮現出了近似無奈的笑容。

「你應該沒有說謊吧。總覺得這樣的想法非常符合你的作風…………不過，這可不行，你這樣做是改變不了任何事的。」

「為什麼？」

「就算讓我淪為俘虜，母親大人也會不為所動，所以並不存在交涉的餘地。所謂的和平，只不過是痴人說夢。你應該沒來過皇廳吧？你肯定不曉得我們的國家裡有多少人憎恨著帝國吧？」

持續了百年的戰爭，帶來了深沉的傷害。

就算是純血種的魔女被抓，皇廳也不會為了一名人質選擇談和，因為皇廳的人民不會允許這麼做。

「……不過……」

愛麗絲鬆開了雙臂。

「本小姐也不曉得帝國裡有你這樣的人。在野蠻高傲的帝國兵之中，居然存在著『想讓戰爭結束』這種想法的人物。而且……我也在中立都市知曉了你的為人。」

冰禍魔女的指尖指了過來。

在丘陵上頭，愛麗絲莉潔·露·涅比利斯九世以傲然的口吻宣布道：

「你就當本小姐的部下吧。」

「呃咦咦咦？」

發出這陣慘叫的是燐。

「等等，愛麗絲大人？您您您、您這是什麼意思！這和說好的不一樣，我們昨晚商量過的結論不是不存在這個選擇嗎？」

「因為是我剛剛才想到的。」

「這也太跳躍了！說起來，您若是將帝國兵收為部下，女王大人自不用說，就連姊姊(伊莉蒂雅)大人和妹妹(希絲蓓爾)大人也不會允許的！」

「晚點再想該如何說服她們不就得了？」

妳先不要講話——愛麗絲平舉手臂，讓燐退了下去。

「我可以確保你的立場，你就當個來自帝國的流亡之人吧。」

公主以流暢的口條說明著。

「只要是不歧視星靈使的人類，皇廳都願意接納為國民。你既對帝國內情知之甚詳，又有著足以升上使徒聖的高超本領，加上還懷著想打造沒有戰爭的世界的想法，那更是不用說了。」

她的視線直直地射了過來。即使語調裡帶有幾分命令的口吻，但蘊含更多的還是極為真摯的熱情與期待。然而——

「阿、阿伊……？」

軟弱無力的指尖輕觸著他的背。

他稍稍轉過頭去，只見看似不安地縮起肩膀，淚眼汪汪地抬頭望向自己的嬌小女隊長就在身後。

「人、人家想說……那個……」

「請放心吧。」

伊思卡溫柔地制止了她的話語。

「我辦不到。」

接著，伊思卡對站在凍結之丘上的公主這麼回答。

「這和待遇方面的問題無關，而是我無法加入涅比利斯這一方。」

「……為什麼呢？」

金髮少女的眼瞼微微一抽。

這並非憤怒，而是在表現出自己的不安。

啊，你果然這麼回答了——她的話聲似乎可以聽出這般內心的不安。

「告訴本小姐理由吧。」

「理由有二。第一，我在帝國也是有家人和同伴的。其中包括了部隊的同伴，也有很照顧我的上司。這和愛麗絲在皇廳有家人的狀況是一樣的。」

「第二個理由呢？」

「因為皇廳是不可能逼帝國談和的。就算立場對調，愛麗絲抓到了一名八大使徒企圖談和，帝國也不會答應。以他們的思考模式來說，反而會慶幸少了一個競爭對手。這和基於王室這層血緣關係聯繫彼此的愛麗絲妳們不一樣，八大使徒全是一群不相干的外人啊。」

若想讓這場長達百年的戰爭，以其中一國遭到覆滅以外的形式收場，那就算再困難，也只能選擇締結和平條約這條路了。

而這樣的和平，只能透過由涅比利斯皇廳被動地接受談和的形式才能存在。

「是呀，這才是本小姐所熟知的帝國作風。無論是誰，只要失去利用價值，就會毫不在乎地切割捨棄。那是一群不把人類當人看的集團……」

愛麗絲用力咬緊了下唇。

握在她手裡的八卦雜誌覆上一層薄霜，在紙張的表面結冰。

「不過，你知道這樣說代表了什麼意義嗎？」

「……我明白。」

退後——他以左手制止米司蜜絲，右手伸向背後。

手指碰到了堅硬的觸感。

指尖貼上了星劍的劍柄。

「我——無法和愛麗絲並肩而行。」

「…………這樣呀，那麼，你我果然還是只能相互為敵呢！」

八卦雜誌碎裂開來。

過去的記憶殘片，化為了數以千計的冰之碎片隨風消逝。

而這也是兩人壯烈地下定決心的瞬間。

「有本事逮住本小姐的話，就儘管試試呀。」

愛麗絲制止了原欲採取行動的燐。

她戴上在尼烏路卡樹海時戴過的頭紗，遮住了自己的臉孔。

「如果你以萬分之一的機率達成此事，母親大人也以億分之一的機率同意了帝國的交涉，那你說不定真能實現自己的夢想。」

「妳才是儘管試著將我排除試試。這能成為愛麗絲統一世界的一大步呢。」

「…………」

「…………」

以頭紗將面孔和情緒藏起來的魔女。

以雙手緊握星劍的帝國下級士兵。

於兩人身後待命的燐和米司蜜絲屏氣凝神地望著他們——

「「這個死腦筋的傢伙！」」

少年和少女同聲發出了怒吼。

那像是在抒發雙方的苦惱似的，在荒野中遠遠傳開。

那會是無法逃避的未來。在命運的漩渦中理解此事的同時，難以分辨是怒吼或是悲嘆的嘶吼聲響徹四方。

與此同時。

愛麗絲的星靈，以及伊思卡握住的星劍，像是在共鳴似的微微震動了起來。

——令星球為之撼動的憤怒。

「什麼？」

原本要蹬出的步伐瞬間停了下來。

自劍尖傳來的寒氣，宛如電流般竄過了伊思卡的全身。

……怎麼回事？

……這股……誇張得驚人的強烈寒氣究竟是？

他從沒有這樣的體驗。無論是在哪座戰場、進行再壯烈的死鬥時，都沒感受過這樣的殺氣。而肌膚能感受到這股殺氣正在大氣之中瀰漫開來。

「燐，那是怎麼回事？」

「……我不清楚，但我的星靈也同樣在害怕，完全無法控制！」

「等等，我好像聽到有聲音。」

愛麗絲摘下了才剛戴好的頭紗。身為皇廳最強星靈使之一的她，以刻意壓低的音量這麼說道。

「上空有東西正在……——燐，退下！」

「米司蜜絲隊長，快撤！」

霹哩——

蒼穹中迸出了龜裂。在宛如黑線般的線條憑空迸現的下一瞬間，天空開出了一道口子，強風從中狂吹而至。

「呀啊……！」

耐不住強風的隊長摔倒在地。

這時，伊思卡確實目擊到了上空出現了某個東西。

『……星劍。背叛……星球之刃……』

那是一名讓珍珠色長髮迎風搖曳的少女。

她身穿有著巨浪圖紋的外套，可以窺見纖瘦身軀和被曬黑的肌膚，以及極為年幼的容貌。就外表來看，她頂多才十二、三歲吧。

然而，也因為如此──

「『始祖大人』？」

愛麗絲脫口而出的這句話，讓伊思卡懷疑起自己的耳朵。

「理當沉眠在地底的始祖大人為何會出現在此……不對，她為何會醒來……」

涅比利斯的直系子孫會以「始祖大人」敬稱的對象──在想到這裡的時候，能聯想到的對象就只有一個人而已。

『帝國……侵蝕著這顆星球……侵蝕著星靈住處的人們。』

自嬌小美麗的嘴唇迸出的情感，是集結而成的深邃怨念。

「……唔。」

『全數消失吧。』

大魔女揮起了纖細的手臂。在看到的那一剎那，伊思卡和愛麗絲同時護著自己的同伴向後跳去。

——無法目視的破裂。

大氣像是被看不見的神明之手掃過似的凝縮起來，隨即，一股猛烈的衝擊波在擴散開來的同時爆炸碎裂。

「什、什麼？剛剛發生了什麼事！」

「我也不清楚。不過……」

在層層揚起的沙塵之中，伊思卡將臂彎裡的米司蜜絲放了下來。

他感覺得到背上噴發出大量的冷汗。

「隊長，請您退到後方。對上這個對手，就連我也沒有能贏的把握。」

人影飄浮在萬里無雲的藍天之中。

大魔女涅比利斯——

一百年前單槍匹馬地讓帝都化為火海的最古老星靈使，在他們的頭頂上方現出身形。

Chapter.5 「始祖」

1

在約莫半刻鐘前。

涅比利斯王宮被前所未有的鳴動聲所包覆。

那讓人聯想到世界末日的地鳴聲讓大地迸出了裂痕，王宮的玻璃窗也一一崩裂。

「皇廳的所有星靈都產生了共鳴，這究竟是怎麼回事？」

米拉蓓爾・露・涅比利斯八世——現任的涅比利斯女王在仍未平息的鳴動之中，衝入了通往地下的隱藏通道。

地下禮堂。

沿著天然鐘乳洞形成的斜坡走到底後，在篝火的照耀下，兩名單膝跪地的士兵現出了容貌。

「在這種情況下將我喚至此地，究竟有什麼事？」

「是！其實……！」

抬起臉龐的兩人指向身後。

那是一根巨大的黑色石柱，而被架在上頭沉睡的始祖涅比利斯——

「始祖大人的鐐銬被解開了？」

將她的四肢綁在柱子上頭的鎖鍊型鐐銬，已經化成了碎屑。

「發生什麼事了？」

「我等亦不明白……僅看見始祖大人忽然揮動手臂——」

「是她自行扯斷鎖鍊的嗎？而地鳴也是在這之後發生的，所以才會將我叫來此地？」

飄浮在空中的褐膚少女一動也不動。

她沉沉地垂著脖頸，勉強能窺見的雙眼也是緊閉著。若就外表判斷，她看起來依舊處於沉眠的狀態。然而——

『…………』

褐膚少女緩緩地抬起了臉龐。

『「星劍」……強大星靈的波長……正在交戰……？』

一字字話語編織成句。

在少女說出了呢喃般的話語後，她的身子在空中一翻，浮現在背上的星紋噴發出了宛如漆黑煙霧般的物體。

「那是星靈？寄宿在身體的星靈居然……！」

星靈化為鴉羽色的翅膀外型，顯現在少女的背上。雖然翅膀緩緩地拍動，但少女始終閉著雙眸。

「是星靈的自動防衛？星靈啊，你打算守護始祖大人嗎？」

從始祖口中迸出的「星劍」這個單字。

雖然就連女王都不明白這代表什麼意義，但既然寄宿在始祖身上的星靈都採取了防衛行動，就代表受到的威脅非同小可。

「始祖大人！」

『——星劍……「我來要回去了」……』

鴉羽色翅膀包覆了少女的身體。

下一瞬間，古老星靈使的身子像是融入了半空一般消失了。

「消失了？」

衛士們露出了愕然的神情。

女王沒理會他們，走向位於正前方的黑色石柱，以指尖觸碰曾是始祖涅比利斯就寢處的石頭表面。

「……目前尚不知理由為何，不過始祖大人的覺醒乃是求之不得之事，只要能借助那位大人的力量——」

女王露出了無人察覺到的冰冷微笑。

「摧毀帝國的計畫就有著落了。」

2

黃沙如粉塵般高高捲起。

待可視距離不到一公尺的濃密沙塵被風吹散後，伊思卡目擊到的，是一處巨大的大地傷痕。

缽狀的巨坑。

原本地勢稍高的斜坡被徹底挖開，在地面上開了個巨大的凹洞。

他雖然在帝國的軍事演習時見過攻城砲（火箭砲）彈在無人平原上炸開的瞬間，眼前所呈現的破壞威力卻與之不相上下。

然而和火箭砲有決定性差異的是——

這毀滅性的一擊既不可目視，也看不出原理為何。此外，使出這一記攻擊的，還是一名少女。

有著褐色肌膚和珍珠色頭髮的年幼少女。

她的背上顯現出鴉羽色、宛如翅膀之物，在遙遠的上空飄浮著。

「始祖涅比利斯……」

「阿、阿伊？那、那個……所謂的始祖該不會是……」

「大概就和米司蜜絲隊長想到的是同一人物吧。大魔女涅比利斯依然還活著——自從在一百年前的帝國引發那起事件後，就一直存活至今。」

這顆星球上的不明能源——「星靈」。

帝國的研究員於深深的地底發現到那東西的瞬間，便是一切的開端。不明能源附著在一部分的人類身上，賦予宿主超常的力量。這便是星靈使——在帝國被稱為魔女或魔人的人們誕生的來歷。

……在這些人之中沐浴了最為強大的能量的少女。

……而那樣的稱呼，肯定代表著她是當時的帝國最為恐懼的魔女。

受到了最為嚴厲的殘酷迫害，比誰都痛恨帝國的星靈使。

而那便是被稱為大魔女的少女。

「太卑鄙了！明明伊思卡就只有和人家一起到場……！」

話聲發顫的女隊長（米司蜜絲）出聲抗議。

她指著眼前的兩名星靈使說道：

「竟然讓始祖涅比利斯……讓這種傳說中的強大魔女跟在妳們後面。妳們難道覺得交涉破裂之後就能為所欲為嗎？這就是涅比利斯的作法嗎？」

「妳、妳等一下！」

她與愛麗絲對上了視線。

一臉焦急的愛麗絲甩著亂掉的璀璨金髮給予的回答是——

「妳搞錯了！『本小姐什麼都沒做』！」

「……咦？」

「燐，難道是妳動的手腳？」

「您、您誤會了。我也和愛麗絲大人一樣，僅在上回於那處地下室見過始祖大人而已。女王大人也沒有給我任何的指示！」

隨從少女嘶啞地喊道。

而就在高喊的燐的頭頂上方，從始祖背上長出來的漆黑雙翼開始閃爍。

「干涉星之記憶。」

「與第三界層的『意識』接觸，召回星之表層。」

霹哩——隨著這道聲響，大魔女的腳下迸出了空間的龜裂。

蔚藍天空的一部分碎裂開來，左右搖曳的「某物」從中探出了臉。

……怎麼回事？和剛剛的涅比利斯一樣，空間裡有東西冒出來了。

……紅色、召回？這難道是——

不妙。相信自身判斷的伊思卡放聲大吼道：

「跳進陷坑之中！」

他抓住米司蜜絲的手，硬是將她拽了過來。

「躲起來，愛麗絲！」

「咦？」

「『會被火焰吞沒的』！」

他與米司蜜絲一同沿著陷坑的斜坡滑了下去。而在愛麗絲與燐滾落下來的同一時間，深紅色的某物從碎裂的空間中爬了出來。

那是炎之星靈。不對——那已經超越了星靈既有的概念，而是以超乎人類智慧的不明能源形式噴發出來。

『掃蕩殆盡吧。』

轟然炸裂。

被炎之星靈焚燒的大氣一鼓作氣地膨脹開來，化為一道道衝擊波，而火焰更進一步與空氣結合，藉由猛烈的燃燒引發了連鎖爆炸。

除了躲到陷坑之外，應該再無躲避這陣爆炎的方法了吧。

然而……

「好燙！」

這時，摀著耳朵的米司蜜絲發出了慘叫。

「不妙耶阿伊，就連坑底都有熱波——」

「蓋上吧。」

在愛麗絲的命令下，寒氣變成了如白寶石般閃爍的霜之壁，形成阻擋熱波的薄幕。

「愛麗絲大人，您連這兩人都要保護嗎？」

「現在不是爭那種事的時候了吧？」

燐以戒備的視線投了過來。

不過，愛麗絲則是隔著冰壁仰望上空，文風不動。明明來了始祖這個最強的援軍，但她的側臉顯露出來的是濃濃的困惑。

「不管是一開始的攻擊還是剛剛的爆炎，始祖大人都把我們拉入了攻擊的範圍之內。」

「這、這是因為……她眼裡只看得到帝國士兵吧？」

「若只是基於這樣的理由就連我們都打，那可太教人吃不消了。況且，要不是伊思卡剛剛有提醒我們，那我倆可就來不及防禦了。對吧？」

「……這……確實是這樣沒錯。」

燐握緊拳頭點了點頭。

「我們被帝國劍士（這個男人）救了一命……確實是事實。或許始祖大人的眼裡，並沒有同為同胞的我們身影。」

「等等，那個叫始祖的不是妳們的同伴嗎？」

他打斷了雙膝著地的隨從少女的回答。

被大魔女涅比利斯攻擊的現況暫時不管，無論是自己（伊思卡）還是米司蜜絲，都對皇廳方的背景一無所知。

「說起來，我們也無法確定她究竟是不是涅比利斯本尊。」

「都看到這麼驚人的力量了，你還以為她是冒牌貨？」

燐狠狠地瞪了過來。

「在帝國被稱為大魔女的星靈使，由於是我國的建國者，是以涅比利斯的子民都會稱呼那位大人為『始祖大人』。」

「既然如此，那個始祖為什麼連身為她子孫的愛麗絲都要痛下殺手？」

「…………」

土之星靈使倒抽了一口氣。從她垂下目光的反應可以看出，若是老實回答這個問題，恐怕就會有洩漏機密之虞。

「大概是星靈的自動防衛功能吧。」

「……愛麗絲大人。」

「對於知曉始祖大人依然活著的對象來說，也沒必要隱瞞這點小事了。」

涅比利斯的公主回頭說道：

「據說在一百年前，與帝國的交戰中放盡力氣的始祖大人為了治療身體，進入了深深的睡眠。寄宿在始祖大人身上的星靈從未被他人所知，我們雖然稱為『時空星靈』，但終究只是方便用的通稱罷了。」

「沒有人見識過的星靈嗎……」

「據說持續守護沉眠的始祖大人的，就是時空星靈。」

愛麗絲以理所當然的口吻繼續說道。

在眾多星靈之中，有部分星靈會守護身為宿主的人類。

伊思卡雖然也聽過愈強大的星靈，在守護時會顯得愈是主動，但在帝國裡還僅停滯於假說的階段。

「妳是指涅比利斯還沒醒來？」

「大概吧。先不論時空星靈是對什麼有所反應，但如果它之所以不分敵我地攻擊，是因為負責控制星靈的始祖大人仍在睡眠的話，就還算是說得通了。不過……」

涅比利斯的公主哽住了話語。

她以沙啞的聲調吐出了一句：

「好不甘心喔……」

「不甘心？」

「——————」

一直凝望上空的少女，在這時首次轉過身來。

宛如紅色的滿月——那對紅寶石色的雙眸大大地睜開，眨也不眨地游移雙瞳，無言地盯著自己。

「本小姐原本下定決心，要只與你為『這件事』做個了斷呢。」

她咬緊了嘴唇。

她像是在強忍著思緒，在臉上露出了難以掩飾的半哭半笑的神情。

「自從在中立都市遇見你後，本小姐的內心就一直積累著難以形容的躁動……身為一名公主，有這樣的想法實在太不及格了。我今天就是為了斬斷這份迷惘而來，打算為尼烏路卡樹海的戰鬥劃下句點。所以本小姐換上了和當時相同的正裝——和我們首次交手時一樣的服裝。」

涅比利斯的王袍（禮服）。

她將裙角皺巴巴地揑成了一團。

「……本小姐可是下足了決心呢。不僅沒向母親大人報備，也叮囑過燐不准出手，畢竟我想只與你在無人打擾的情境下分出高下呢。結果搞了半天，偏偏被那種混蛋出手打擾，可急死本小姐了！」

「那、那種混蛋？愛麗絲大人，就算是您也不該對始祖大人如此——」

「別管那麼多了。總之一直僵在這裡也不是辦法，要出去嘍。」

愛麗絲打了個響指。

冰之薄幕向上彈飛，與肆虐著荒野的炎之氣流產生衝突。熱波和寒流像是在啃咬彼此似的交互相融，緩和了周遭的氣溫。

「隊長，快跑。」

他沿著陷坑的斜坡上衝。

灑著無數火星在空中等待的，是和剛才一樣面無表情的大魔女。即使將稚嫩的臉孔望了過來，她的雙眼依舊緊閉。

……確實是沒感受到她的意志。

……愛麗絲「依舊沉睡」的說法似乎是最接近的狀況。

不僅能察覺帝國士兵的氣息，還會自動反擊

也許該視為即使過了百年，時空星靈依舊忠實地遵守著涅比利斯在沉睡前所下達的命令吧。

「始祖大人，感謝您出手協助我和帝國士兵的戰鬥。然而，我只想與這人一對一地分出高下！」

愛麗絲扯開嗓子說道：

「始祖大人，請您回王宮去吧！」

『──────』

最古老的星靈使不發一語。

看似沒有意識，卻垂著頭飄浮在空中的樣貌，看起來確實像是在傾聽愛麗絲的話語。

然而──

「糟了！愛麗絲大人，不可以！」

燐抓住主君的手臂向後一扯。

身為一流星靈使，加上從小就以愛麗絲護衛的身分所培養出來的危機察覺能力，讓燐得以在第一時間預判出始祖的動作。

『星靈使想阻礙我？如果膽敢與帝國聯手……』

在最古老星靈使那熊熊燃燒的憤怒之火面前，即使是身為同志的星靈使話語，也僅如少許的水沫。

愛麗絲並不曉得這件事。

不曉得她將阻擾自己復仇之人全數視為敵人。

『就從這顆星球上消失吧。』

火焰形成了巨劍。

在涅比利斯所在的位置更高之處，迸出了一團紅光。形塑出刀尖狀的火焰自空間龜裂竄出，朝著大地直射而去。

切斷大氣的超高熱能，足以讓大地融化。

直徑約超過一百公尺的炎之刃直逼而至。

「愛麗絲大人，危險！」

土之巨人（Golem）像自燐的腳底爬了出來。

即使對始祖這樣的存在懷抱著忠義之心，但她想必仍是在心底暗自戒備，為緊急狀況做好了準備吧。

「燐？」

巨人像（Golem）將愛麗絲推開，使之遠離炎之刃的射程範圍——抱著米司蜜絲的伊思卡，最後看到的便是這幅光景。

——炎之巨劍貫穿了地面。

被劍尖刺中的大地熔解成熔岩，刀尖的前端迸出一道裂痕，朝著前方的大地蔓延，並噴出了強勁的熱浪和火星。

火星紛紛飛上半空，進一步將火勢擴散開來。

「阿伊！火焰要燒到都市了……！」

米司蜜絲尖叫道。

看到中立都市的天空被染成火紅色的光景，帝國的部隊長露出了悲憤交加的神情。

「得快去救人才行！」

「隊長，請冷靜。雖然看起來很嚇人，但那只是火星而已，絕大部分的火星只要落地就會熄滅了。只要冷靜對應的話，還不至於會釀成火災……應該說，上空的對手更該優先處理。」

對於始祖涅比利斯這種難纏至極的對手，究竟該怎麼應付才對？

就算向帝都要求支援，距離也太過遙遠了。當然也無法指望陣或是音音前來支援。就在伊思卡打算點出這一點的時候，映入他視野的是——

「燐？燐，快回答我呀！」

全身被燒傷倒臥在地的隨從少女。

以及抱著她的身子，以淒厲的神情呼喚名字的愛麗絲。

擋在兩人身前的巨人像（Golem）崩潰坍塌，變回了荒野的土塊。

雖然成功讓愛麗絲逃離了炎之巨劍的攻擊，燐自己卻是晚了一步。雖然在巨人像（Golem）的掩護下免於受到火焰吞噬，透過大氣傳導的熱浪依舊無從迴避。

「燐，求求妳，把眼睛睜開……」

「別硬去搬動她。」

伊思卡重新握緊黑之星劍，制止了試圖搖晃隨從肩膀的愛麗絲，跳到了兩名少女的身前。

——劍光一閃。

朝著愛麗絲撲來的第二波火焰，被黑之刃斬斷崩解。

就這麼溶解於大氣之中。

「妳的星靈就是在這種時候派上用場的吧。」

「咦？」

「用冰為燐的身體降溫，這是燒傷時的急救手續。」

「……唔！」

涅比利斯的公主驀地抬起臉龐，與此同時，她的指尖釋出了寒氣，緩緩將燐的身體和衣服包覆。

「米司蜜絲隊長，將她送往醫院！可以的話找個星靈症科的專門醫生診療！」

伊思卡伸手指向中立都市艾茵。

他瞥了一眼火星持續落下的都市——

「然後請向都市居民傳達待機訊息，絕對不要讓他們走出城牆。從現在起，這片荒野將會化為最危險的地帶。」

「……咦？那、那個……」

「快點！」

「好、好的！阿伊也要小心！」

女隊長很快做出判斷。她背起了應當是敵人的星靈使，朝著依稀可見的都市跑了起來。

伊思卡沒有目送她的身影，而是重新與頭頂上方的對手對峙。

始祖涅比利斯。

被復仇執念附身的最強星靈使。

「涅比利斯。」

右手握住黑之星劍，左手握住白之星劍。

他以師父託付給他的唯一一雙對劍擺出架勢。

「在一百年前，妳說不定真的是引導所有星靈使的希望。然而，事實並非如此。在看過妳的行動後，我明白了，在這個時代裡——」

「這個時代不需要妳的存在！」

那是讓人聯想到冰之風鈴的嗓聲。

堅強、通透且不帶一絲迷惘的話聲響徹了荒野。

「說什麼始祖嘛，也不好好照個鏡子。這個時代並不歡迎妳的存在！」

落落大方地發表心聲的，是站在身旁的少女。

「不僅妨礙本小姐和伊思卡的對決，對中立都市施加危害，甚至傷害了同為星靈使的燐……涅比利斯，妳才是唯一且真正的魔女！」

愛麗絲莉潔・露・涅比利斯九世。

支撐新時代皇廳的公主，伸手直指皇廳的創始人。

「妳的力量不會帶來任何東西，也沒辦法讓任何人幸福。」

「我也有同感呢。現在已經不是妳熟知的那個時代了。」

他向前踏出了一步。

『帝國兵、星靈使。你們兩個居然──』

「住口。」

始祖的話語被打斷了。

對於持續被醒不來的惡夢囚禁的魔女，少年和少女齊聲說道：

「妳的行動只會帶來一場空。那裡不包含我所冀求的未來。」

「本小姐追求的世界也一樣。」

兩人理解了彼此。

他們是敵人沒錯，總有一天得面臨衝突的時刻。然而，那場決戰應該由兩人親手做出了斷，不需要外來人士的介入。

「所以──」

「妳（妳這傢伙）就再一次睡上一百年吧（啦）！」

黑鋼後繼伊思卡和冰禍魔女愛麗絲。

兩人背對著背，同時放聲吼道。

Chapter.6 「黑鋼後繼伊思卡和冰禍魔女愛麗絲」

1

帝都第三管理區。

音音透過玻璃窗，仰望著升上天頂的太陽，伸手撥開被汗水黏在額頭上的瀏海。

「呼。好——熱喔。都中午了呢——」

汗水自髮梢如水珠般垂落。

她身上只穿一件輕便的薄運動上衣，身後則放著訓練到剛剛的肌力強化器材組。

「欸——陣哥，伊思卡哥和米司蜜絲隊長怎麼還沒回來啊？只有音音我們兩個一直做室內訓練，感覺好膩喔。」

「這是為了守護自己的訓練，沒什麼膩不膩的。」

這麼回答的是坐在鐵製長椅上的銀髮狙擊手。他已經先一步做完自由訓練，目前正開始保養自己愛用的狙擊槍。

「是這樣說沒錯啦——但音音我想說的不是那個意思啦。」

「妳是說該大家一起訓練是嗎？」

「對！就是這樣啦陣哥，你果然很懂我呢！」

「就今天一天而已，沒差吧。而且不是也知道他們去了中立都市嗎？」

「可是目的是什麼？」

昨晚隊長唐突地傳來了聯絡。

平時會老老實實地坦白「做什麼」和「去哪裡」的隊長，在這一回難得地顯得吞吞吐吐。就算追問起來，她也只以「其實自己也不清楚」作為回答。

「如果是和部隊有關的事，那就該在帝都開會才對。既然不是和部隊有關，應該就不是我們需要擔心的事吧。」

「可是米司蜜絲隊長也跟過去了耶？」

「…………」

陣的右手緊握著從狙擊槍上拆下來的瞄準鏡，閉上嘴巴沉默了一會兒。

「……伊思卡的狀況有些脫軌，這的確是事實。」

過了不久，他壓低音量，以謹慎的口吻這麼回應。

「脫軌？不是好或不好嗎？」

「他的身心沒有完全進入狀況，感覺像是精神和肉體的齒輪沒能咬合。畢竟他也說過最近沒睡好對吧？」

「嗯，從尼烏路卡樹海回來後就是那樣。」

「他肯定是在那邊遇上了冰禍魔女。」

狙擊手在長椅上豎起單膝。

以抱著膝蓋的姿勢說道：

「在那之後，他就馬不停蹄地去了中立都市啊。在那個地方，就算帝國人偶然遇上了皇廳的居民，也不會有任何人知情。伊思卡已經去了兩趟，而第三趟則是有隊長陪同啊……」

「咦？什麼什麼？陣哥，你有看出什麼端倪嗎？」

「……不，什麼也沒有。」

「你騙人？陣哥，你的目光從音音身上挪開了對吧！」

「好啦，差不多給我安靜點。喏，連旁邊的人都嫌妳吵，紛紛看了過——」

陣的膝蓋旁邊傳來的機械的聲響。

放在長椅上的通訊器，忽然交互閃爍起紅光和黃光。

「是緊急通知呢。而且……還真是說人人到。」

「米司蜜絲隊長打來的？」

「如果顯示名稱可信的話啦。」

陣死死地盯著液晶螢幕。

他將側臉湊向通話器。

「是我，音音也在，目前正在訓練。當然，如果有事的話，我們隨時可以出動。」

這時，音音在近處目擊了他聰慧的雙眼瞪大的瞬間。

「……『始祖涅比利斯』？等等，冷靜點隊長。這是什麼意思？」

陣站了起來。

瞄準鏡依舊緊握在他的手上。

「……我知道了。不，我雖然不懂為什麼會出現那種狀況，但至少算是明白了哪邊發生了什麼事。」

他側眼瞥了一下音音。而從他臉上透出的緊張神色來看，音音也明白發生的事態非同小可。

「中立都市艾茵是吧。就算我和音音以全速趕路，距離還是太遠了。現在有誰在壓制……伊思卡嗎？他說要交給他一戰？」

沉默。

在過了一瞬間的空檔後，最瞭解他的狙擊手以斬釘截鐵的口吻說道：

「那我和音音都不用出馬了。隊長（老大）也快去避難吧……啥？傳說中的大魔女？這我知道啊，但沒關係。」

『可、可是，阿陣？』

「只要對手是星靈使，伊思卡就不會輸。要是他不出手，還有誰會想把這場爛仗結束掉？」

他以絕對的自信對話筒另一端的女隊長回應道：

「畢竟他可是為此而生的『黑鋼後繼』呢。」

2

荒野被燒得一片焦黑。

以持續承受著火星之雨的中立都市艾茵為背景，他衝上了沙塵與烈焰飛舞的丘陵。

『帝國兵……』

始祖涅比利斯始終浮游在距地表超過十公尺的高度。

她的雙眼緊閉，可說是面無表情。而這般藏起了一切表情的褐膚少女，將纖細的手臂驀地甩向虛空。

就像是統率著管弦樂團的專業指揮家一般。

『帝國的走狗，你們這些傢伙究竟對星靈使施加了多少痛楚？』

在少女背後成形的翅膀發出光芒。

橙紅色的光芒在泛著光澤的黑翼上綻開。

『消失吧。』

啵——大氣受到燃燒的聲響傳來。在感受到背後浮現出火焰氣息的剎那，伊思卡蹬著大地躍上虛空。

『……躲開了啊。』

「我並不是在躲避。」

對於伊思卡察覺到火焰的發動一事，大魔女輕輕皺起眉毛。

不過，伊思卡立刻否定了她的低喃。

「而是為了衝向妳啊。」

爆炎產生的衝擊波，從背後推了伊思卡一把。

他以自己的腳力為踏台，再靠熱流產生的升力躍上高空，其身姿與其說是在跳躍，更像是在飛翔。

『利用火焰增強跳躍的力道，算是有點小伎倆。』

他衝向始祖涅比利斯所在的虛空。

……漆黑的翅膀。

……剛剛在發動星靈之力的時候，那東西確實發光了。

「閃耀著與黑之星劍同樣顏色的翅膀」。

那翅膀藏著涅比利斯的力量之謎——伊思卡仰賴著勉強萌生的直覺，舉起了星劍。他準備斬斷大魔女背上的翅膀——

『要是以為劍能招呼到我的身上，那就連同你那微薄的期待一同凍結吧。』

輾壓某物的吱軋聲傳來——那是伊思卡和涅比利斯之間的大氣水分遭到星靈凍結的聲響。

「冰系？怎麼會？」

「能寄宿在人類身上的星靈僅有一種」。但她剛剛不是才施展過強大無比的業火嗎？

……能操控的不只是火系？

……太奇怪了。一個星靈能干涉的現象應該就只有一種而已。

大魔女的星靈到底是什麼來頭？

冰之壁直逼眼前。即使看到了落下的冰塊準備砸落飛翔途中的自己，伊思卡還是為了這樣的念頭分了神。

「伊思卡！」

摒除雜念的大喝傳來。

推了伊思卡一把的，正是來自從地上仰望著自己的愛麗絲的這句話。

「喝！」

他反握黑之星劍刺入冰壁，並以長劍為軸，倒著身子在冰牆上著地。接著，他將鞋尖吊在被淺淺戳出的坑洞上，蹬著冰牆逃回地表。

無數的冰之碎片和冰牆撞上了大地。

不過涅比利斯凝視的並非冰之殘骸，而是在冰牆的壓制下依然毫髮無傷地脫身的帝國劍士。

『閃過兩次了啊。』

「干涉星之記憶。」

「與第二界層的『意識』接觸，召回星之表層。」

大魔女少女打了個響指。

其正前方的空間縱向裂解。而這道裂痕像是觸手般，直接伸向了土色的沙地。

……剛剛是火焰沿著那道龜裂爬了出來。

……難道接下來也一樣？

他身子微屈，交叉手中雙劍擺出架勢。

會是燒焦了荒野的爆炎呢，還是像剛才那樣的超重質量冰塊？還是說雙方會一起招呼？他預測著可能會出現的攻擊，在腦海裡做出對策。

然而最古老星靈使的力量，卻輕而易舉地超越了他的預測。

轟——

大地向上翹起。地層從深深的地底隆起，化為大如小山的獅子像。

「巨人像(Golem)……連土之星靈也能用？」

「不好意思，本小姐可沒空把時間浪費在傀儡身上。」

愛麗絲單膝著地，以指尖觸碰起碎裂的地層。

「快跳！」

愛麗絲沒等伊思卡回應，接著喊出了一句話。

——大冰禍。

曾將尼烏路卡樹海凍結的星靈術。

宛如在平靜的湖面上擴散開來的漣漪。以冰禍魔女之名受人恐懼的星靈使所放出的寒氣，將遭到燒灼的荒野覆上了一層藍冰。

視野所及是一整片的凍土。

「果然厲害。」

伊思卡在冰之斜坡上著地。

只見獅子型的巨人像(Golem)維持著張嘴咆哮的姿態，成了一整座的冰雕。

「愛麗絲，那個始祖的星靈是怎麼回事？」

「……本小姐才想問她呢。」

即使徹底壓制了巨人像(Golem)，這麼回答的冰禍魔女的聲音仍顯得沙啞。她盯著依舊以老神在在的姿態俯視著兩人的大魔女。

「就連身為女王的母親大人，也不曉得始祖星靈的真正能力。我原本以為只要親眼目睹，應該就能猜出個大概……」

涅比利斯的公主有些沒把握地說道。

而伊思卡也同樣遲遲無法導出結論。這和迄今交手過的任何星靈使都不一樣。一般星靈使能施展的星靈術，理應都是與星靈所能改變的現象有關才對。

「有可能寄宿著複數星靈嗎？」

「那是不可能的呢。」

愛麗絲斷言道。

「寄宿的星靈的人類會浮現斑紋，這你知道吧？」

「是星紋吧。」

那是星靈使之所以遭到迫害的原因之一。

隨著寄宿在身上的星靈不同，呈現出來的星紋也會有所變化，而愈是強大的星靈，就會出現面積愈大的斑紋。就像是被惡靈附身了一般——首次見到星紋的人們，便是害怕那斑紋的模樣將星靈使們拘禁起來。

「那傢伙在空中翻身的時候，本小姐看到她的背了。翅膀扯破了衣服穿了出來，而根部的位置則是浮現出巨大的黑色星紋，那就是寄宿在她身上的星靈喔。不過……」

冰禍魔女瞇細雙眼，瞪向了始祖。

「本小姐在王宮看到她時，她的身上可沒有什麼翅膀呢。既然是時空星靈在進入自動防衛時產生，就代表那個翅膀或許不是活生生的部位，而是星靈本身呢。」

「能明白這點就很夠了。」

如果那片漆黑翅膀是大魔女涅比利斯的力量本身。那只要砍斷翅膀，就說不定能讓時空星靈與涅比利斯暫時切割開來。

「把那個翅膀——」

「——你——你以——你以……為——」

「咦？」

「——你以為你辦得到嗎？」

大魔女嗤笑道。

那實在太過突然。

只見褐膚少女的眼皮緩緩睜開。

「……這裡是……我有印象。是畢夏達荒野啊。」

「涅比利斯？」

「星靈啊，你難道只為了這個帝國兵就把我叫醒不成？這不完全的覺醒應該也不能算是提早叫醒我的理由啊。」

她的眼眸之中浮現出自我意識的光芒。

眼瞳裡綻放出來的意識之色，逐漸變得鮮明起來。

「……不過，原來如此。他帶著讓人感到懷念的劍呢。」

始祖俯視的是伊思卡手中的星劍。

「妳知道這對劍嗎？」

「——」

沉默。這不是刻意保密，而是因為大魔女涅比利斯連說話都忘了，只顧著端詳自己所產生的寂靜。

「也罷。不管你是基於什麼原因獲得星劍，只要不是在克洛斯威爾手上，就無法發揮星劍的本事。」

「克洛斯威爾？」

「這名字怎麼了嗎？」

「……妳剛剛提到的，是我師父的名字。」

帝國史上最強的劍士。他既是伊思卡的師父，也是星劍的前任持有者。

……但這是為什麼？

……為什麼一百年前的大魔女會認識自己的師父？

「你這小子是那男人的徒弟？」

訝異的大魔女睜大了其中一隻眼睛。

不過，那嬌小的嘴唇隨即不祥地向上吊起。

「哈。那傢伙真是讓人難以理解，居然將星劍託付給這種一無可取的雜兵。」

「不交過手的話就很難說了。」

「一點也不。你不存在擊敗我的未來。」

被愛麗絲凍結的大地驀地隆起，穿出了沸騰的深紅色飛沫。

熔岩——那是這顆星球擁有的巨大能源之一。

自星球內層所產生的超高熱的「融化的石頭」，其溫度超過一千度。無論是都市的外牆還是民宅，都會被悉數燒熔。

「燃燒的火海就渡不了了吧？」

「不好說呢。」

熔岩接連噴射，層層交疊地強襲而來。在猛烈的熱能與蒸氣瀰漫的狀態下，伊思卡毫不猶豫地衝入了灼熱的飛沫之中。

他凝視著砸下的熔岩塊，從空中的軌跡預測掉落的位置。

他沒有後退，而是向前。在踏出一步後放低重心，讓身體如陀螺般旋轉，以毫釐之差躲過了熔岩。

至於終究還是無法躲避的石礫，他則是以長劍的側面拍落。

「面對這般熱量，還能無畏地前行啊。」

褐膚少女輕輕地吁了口氣。

「但這樣的選擇是錯的。」

她將噴上高空的熔岩在空中進行壓縮，轉化為一條火蛇。

大到要讓人抬頭仰望的巨人像(Golem)以詭異的動作扭動。伊思卡的左右兩側被岩漿形成的牆壁堵住，前方有火蛇阻擋，而就連後方也有熔岩塊砸落。

火焰包圍網將他四面八方地包圍起來。

「抓到你了，帝國兵。」

「可以別一直把本小姐忽視嗎？」

沸騰的熔岩結凍了。

「妳就算能操控再強大的火焰，本小姐也會瞄準妳的弱點出手的。」

藍色寒氣纏繞著金髮少女。

——伊思卡開闢道路，愛麗絲緊跟在後。

沒有任何一方開口提議，兩人自然而然地這麼採取行動。

「……真是精巧的寒氣。妳寄宿著不錯的星靈，也控制得挺好。」

「能受妳誇獎還真是榮幸呢。」

冰土重重隆起，將熔岩和炎之巨人像(Golem)一併凍結。看到眼下的光景後，體察到愛麗絲實力的大魔女輕咂了一聲。

「小姑娘，在料理完這個帝國兵之後，就輪到妳了。」

「哎呀？妳對星靈使同胞比較寬容嗎？」

「正好相反。」

始祖睥睨著同胞。

她的眼裡有許多難以言喻的情感相互交融。

「協助帝國的星靈使……罪大惡極。就算妳哭著求饒，也休想讓我手下留情。」

「這很好呀，本小姐也不打算原諒妳！」

涅比利斯的公主正眼回視始祖的目光。

「身為星靈使卻不當一回事地傷害同志，燐也是妳手下的受害者。妳已經不再是皇廳的英雄了！」

「英雄？這種好聽的詞彙是救不了世界的。」

褐膚少女的肩膀輕顫。

那憐憫的笑容，感受得到她對這樣的說法大感可笑。

「我在百年前就明白了，想拯救這傷痕累累的世界，需要的並非英雄也不是救世主。所以我便化身為魔女消滅帝國，事情就是如此簡單。」

她帶著空虛的嘲笑。

以及無底的絕望。

這句話本身就像是走投無路之人所發出的無奈告白。

「我是魔女，而你們是魔女之敵。」

一陣風揚起。

以伊思卡和愛麗絲為中心產生的旋風，很快就增強為足以將人類吹跑的強風——接著極化為連腳下凍土都遭到剝離捲起的暴風。

「吾之星靈乃是自星球中樞誕生的最古老之物。其記憶了星球的一切現象，並將之自時空的彼端呼喚而至——真是礙眼，就消失到世界的盡頭去吧。」

「啊……」

「愛麗絲！」

被驟然狂吹的強風掃中身體側面，讓愛麗絲發出了一聲短促的尖叫。

狂風連人類的身體都能像紙片般捲飛。

就在她的身子即將被暴風颳走的那一瞬間，伊思卡握住了她的手掌。

他以左手的劍作錨倒插在地，咬緊牙關踏穩大地，在承受著暴風的同時將愛麗絲的身子拉了過來。

——深紅色的水滴飛濺。

下一瞬間，握著愛麗絲手掌的伊思卡，手臂驀地裂開，噴出鮮血。

「好痛！」

「伊思卡！」

「……就連鐮鼬也是隨心所欲嗎？」

這是將強風化作利刃的現象。

其真面目是讓沙子在強風的加速下劃傷人體的超常現象。

「快把手放開！」

冰禍魔女受著強風吶喊道。被鐮鼬所傷的伊思卡，手臂上的傷口出現了許多裂傷，而傷勢很快就擴張開來，從手臂一路朝著肩膀蔓延。

「你在做什麼啊？再不把本小姐的手放開，你的手臂就要被撕碎了！」

星靈使企圖自行將手鬆開。

但少年不允許她這麼做。

「……我聽不見。」

「什麼？」

「我說這風聲實在太大，所以愛麗絲說了什麼我都聽不見！我可沒聽到有誰叫我把手放開呢！」

「嗚。」

少女的臉孔皺了起來。

「……你為什麼……」

寶石般的燦爛雙眸垂了下來。

「……本小姐可是魔女，不是你不惜受傷也要伸手相助的對象呀。」

愛麗絲緊咬著唇，說出了傷害自己的話語。

就算以「星靈使」自居，也會被不認識的人們蔑稱為魔女，被他們恐懼，持續受到排擠……這難受得讓她不能自己。

有冰禍魔女之稱的愛麗絲道出了真心話。

而帝國的少年劍士則是看著她的雙眼。

「愛麗絲。」

以率性的口吻說道：

「不覺得我們很合得來嗎？」

「……咦？」

「我們都看她很不順眼。愛麗絲是因為燐被她傷害。而我看到星靈使被那樣殘酷地對待後，也沒心情去討論談和的方案了。」

「你是什麼意思？」

「我們所在的位置並非帝國也非皇廳，而是中立都市。『目的相同』——只要秉持著這一點就夠了。」

那是一切的契機。

在中立都市艾茵欣賞歌劇、在同一間餐廳點了同樣的菜色、在畫家的展覽察覺了同樣的喜好談天說地——

「我也一樣。我不想輸給那個傢伙，所以，我不會放開這隻手。」

「…………」

愛麗絲看似有話想說地張開了嘴，卻還是打消了念頭似的垂下臉龐……猶豫再三的她，一次又一次地咬緊了唇。

「……我可以相信你嗎？相信帝國的你？」

冰禍魔女雙瞳微晃，這麼開口說道。

在暴風漩渦的中心處，愛麗絲莉潔·露·涅比利斯九世的手裡冒出了某個發光的物體。

「『冰禍·那由他雪燈』。」

冰之結晶大放光芒。

強光從愛麗絲的腳底散開，一路延伸到包覆了荒野的冰雪之域和天上世界。

名副其實的那由他——亦即「數之不盡而無法理解的龐大數量」的冰之結晶，都罩上了冰禍星靈的力量。

「冰之星啊，向上齊發吧！」

蒼之閃光。

閃耀的冰之結晶自地表上浮，在一剎那後便只留下閃爍的殘光，化為衝上天空的光點。超低溫的冰之流星畫出了弧線向上擊發，突破了暴風襲向涅比利斯。

「冰之光彈？竟能突破這陣暴風……小姑娘，這是妳的祕術嗎？」

始祖的聲音帶了些許激情。

她打直雙臂，讓濃縮的大氣作盾。有著比鋼鐵更為堅硬的硬度和無比彈性的屏障，迎擊了自地上齊發的冰之閃光——

「唔！」

她退後了。

以大魔女之名受人畏懼的少女捨棄防禦，開始進行迴避。這是一百年前的帝國士兵從未見過的光景。

「想不到……」

滴——紅色的水珠滑過褐色的臉頰。

冰之流星突破了涅比利斯張開的大氣之盾，淺淺劃過了她的臉頰。

「竟能連大氣的守護都能擊穿啊。」

「還沒完呢。在地上的雪晶消失之前，這些光彈是不會止歇的喔！」

「──────」

褐膚少女在空中迴旋。

她看似要急速上升，但瞬間顛倒身形，接著在做過一次迴轉後貼地急降，驀地煞住速度。那古怪複雜的飛行路線，接連躲過了愛麗絲的光彈。

然而，躲開的光彈頂多僅有數百發。在「那由他」這接近無限的壓倒性火網的逼迫下，涅比利斯再次於虛空中停下動作。

像是在呼應她的動作般，原本吞噬著兩人的暴風像是在騙人似的鎮靜下來。

「把妳逼入死胡同了，始祖。」

贏了──愛麗絲展露出這樣的自信。

「妳該投──」

「So aves cal pile.（上天之杖啊，交與吾手）」

「干涉星之中樞。」

「與『吾之身軀』接觸，自時空盡頭召回。」

大魔女仰望天空。她的頭頂上方宛如陰天般變得陰暗，不祥的黑之瘴氣盤旋成渦，阻擋了陽光的照射。

「……我的星星居然？」

黑之氣流驀地移動，在涅比利斯面前化為障壁。

愛麗絲的光彈撞了上去——然而，就連大氣的守護也能撕裂的冰之星，在碰到黑之氣流的那一瞬間便遭到彈開，僅留下蒼色的光芒。

「什麼？那個黑色的氣流是什麼鬼呀？」

就在愛麗絲啞著嗓子仰望上空的同時。

黑之氣流開始呈渦狀匯聚，化為與少女本人同高的巨型長棒，出現在最古老星靈使高舉的右手掌中。

「花了挺多時間才成形啊。看來我的星靈尚未完全覺醒……」

那是形狀扭曲的一把黑杖。

大魔女——以宛如魔女施展魔術般的姿態，將長杖高高舉起。

「見識終焉為何物吧。」

她自遙遠的天上將長杖扔下。

看到這幅光景，伊思卡驀地感到一陣強烈的頭暈。

……空間被扭曲了？

……那個詭異的長杖……是怎麼搞的？

天之杖。

他以肌膚明白砸向地面的那東西是極為危險之物。

「唔……星星啊，把那把杖打下來！」

一把長杖自蒼穹墜落。

有那由他之數的冰之星自地面對空迎擊。

兩者會在空中爆發正面衝突——就在伊思卡這麼認定的時候，涅比利斯扔出的天之杖的前端發出了光芒。

——空間被破壞了。

大氣迸出了悲鳴。

地面隨著轟炸聲碎裂崩潰，近乎無限的冰之光彈也無一例外地遭到消滅，消失於虛無的彼端。

在回過神來之後——

伊思卡才發現自己被無形的衝擊波炸到了高空之中。

「……唔……嘎、哈……？」

他摔到凍土上頭，自斜坡向下滾落。

嘴裡嚐到了血腥味。也許是倒地時傷到了口腔，卻不曉得是何時傷到的。因為他就連受到衝擊波的瞬間都沒有反應過來。

「……愛麗……絲……？」

「——————」

沒有回應。

涅比利斯的公主倒臥在地，沒將臉龐抬起。

從她微微起伏的背部可以看出尚有呼吸，但她肯定是在被衝擊波擊中後重重地摔在凍土上頭。就算還保有意識，想必也無法動彈了。

「就連天之杖也僅有這點威力，看來我的力量還沒完全恢復啊。」

黑之杖依然飄浮在半空。

即便消滅了愛麗絲釋出的全數冰之光彈，並粉碎大地、釋出了能量，大魔女卻依然看似不滿地嗤之以鼻。

「……什麼叫……這點威力啊……」

「這就是我與你們的差距所在。你連天與地的差異都分不出來嗎？」

擁有壓倒性的優勢只是理所當然。

她的眼神流露出的自信，說明己方從一開始就沒被她視為敵手。而就實際上來說，涅比利斯真正受到的傷害，也就只有愛麗絲勉強在她臉頰上劃出的一小道擦傷而已。

除此之外，就連一點塵埃都沾到她的身上。

這就是始祖。

揮舞黑杖引發天地異變的身姿，確實是足以讓人心生恐懼地稱她一聲大魔女。

「然而」……

「————」

「你那個眼神是怎麼回事？」

伊思卡撐著星劍站起身子。

始祖少女從上空仰望著他的身影，發出了聽似不滿的聲音。

「既非想逃也非求饒，更不是害怕……這瞪著我的徒勞之舉，真教人不高興。是試圖擺出反抗的架子嗎？」

「錯了。」

伊思卡以左手握著的星劍代杖撐起身子，並以右手握著的另一把星劍直指大魔女。

「我的反抗現在才開始。」

「你瘋了嗎？」

涅比利斯像是難以理解他的話語似的嘆了口氣。

「之所以能擋下天之杖，都得歸功那個小姑娘的星靈。但事到如今，她已經倒臥在地，甚至連起身都做不到。你們已經失去了抵禦吾之杖的手段。」

「沒錯！」

伊思卡吐了口混著血味的氣，蹬著凍土奔出。

「正因為愛麗絲只能擋住一次攻擊，所以我不打算讓她的努力白費。」

他親身體驗過天之杖的威力有多可怕。

儘管如此，他還是動身了。他像是要沿著大地斑駁的傷痕前行似的疾奔，背著太陽衝向飄浮在空中的始祖。

「沒用的走狗，除了跑步之外別無長才了嗎？」

褐膚少女將長杖拉回手邊。

「醜陋地趴伏在地吧。」

天之杖受到揮動。

空間發出了啜泣般的轟鳴，大氣遭到扭曲，造出了強烈的時空之刃。那是比鋼鐵更為銳利的無形之刃，然而——

伊思卡揮下星劍，將逼近而來的時空之刃一分為二。

「什麼？」

「頂多是看不見罷了，要感受到它的存在還是辦得到的。」

以肌膚捕捉扭曲空間的波動，聆聽無形之刃撕裂大氣的聲響——就算是首次見到的攻擊手段，只要是星靈術的話，就能以黑之星劍加以阻絕。

……我一直就是這麼訓練過來的。

……不管面對再強的星靈使，我也絕不膽怯。

「你在說笑嗎？」

「說笑？我一直都是很認真的！」

壓縮空間之刃自四面八方襲來。

而伊思卡採取的選擇並非後退或是停止，而是進一步加速。他循著大氣被撕裂所發出的悲鳴揮出星劍，卸去無形之刃的衝擊。

躲過來自背後的刀刃，穿過來自左右的刀刃。即使大氣的摩擦劃傷臉龐，令肩膀受到裂傷——伊思卡也不曾停步。

然後——

「……就這麼……跑下去！」

涅比利斯的公主也撐著發顫的膝蓋站起身子。

「矗立吧。」

冰之大地驀地隆起。

宛如阻擋在前的巨大冰塊隨之變形，以精雕細琢的冰雕手法加以修整、研磨，於伊思卡的面前化為冰之階梯。

通往始祖涅比利斯的最後一段閃冰之路。

目標乃是天上——

「我要上了。」

「我說過這只是徒勞之舉！」

大魔女反手握住了長杖。

「像你這種——不曉得我與帝國的漫長糾葛的傢伙——」

「妳還沒察覺啊？」

他衝上了冰之階梯。

「就因為一直困在那份執念之中，這場無聊的戰爭才永遠不會結束啊！」

「————住口！」

天之杖釋放了力量。

「就算星劍在手，你也撐不住這一擊的！」

帶著強烈大氣亂流和狂風呼嘯的破壞時空的一擊，就算是能斬斷各種星靈術的星劍，也無法加以抵禦。

在劍尖觸及長杖前端的瞬間，就會以該處為中心引爆時空破壞。即便能斬斷天之杖，應該也會被捲入破壞之中吧。

「這我知道。因為我看過愛麗絲的光彈了。」

鏗——隨著一道聲響，黑之星劍落於地面。

而那是伊思卡親手鬆開右手所扔下之物。

「你這傢伙在做什麼？」

「我可是知道世界最強的盾牌長什麼樣子啊。」

他伸直了右手。

舉起握在右手掌心的「冰之種子」——

「這是『無敵的盾牌』喲。甚至連帝國大規模破壞兵器的火力都能封殺呢。」

她說過這盾牌是無敵的。

那自己就該相信她。相信這面託付給自己的盾牌足以擋下天之杖。

「愛麗絲！」

聽到少年的呼喚聲，冰禍魔女只以一句話作為回應。

即使趴伏在地。

她還是以絕對的自信喊道——

「……開花吧！」

冰之碎片向外迸散。

澄徹的鏗鏘聲形成了回音。握在伊思卡手裡的「冰之種子」發了芽，進而形成世間罕有的美麗鏡盾。

——冰花。

能斬斷各種星靈術的星劍所斬不斷的唯一例外。

寄宿在愛麗絲莉潔·露·涅比利斯九世身上的「冰花星靈」以最高階的星靈術釋出本質，化為舉世無雙的美麗大冰花。

「……我可以相信你嗎？相信帝國的你？」

在暴風之中，伊思卡並沒有鬆手。

而愛麗絲則是將自己最強的奧義——「冰花」的種子託付到他的掌心。

——巨大花朵的庇護。

化為了伊思卡的盾牌。

世上最美麗的冰花，擋下了天之杖的攻擊。

「這怎麼可能？」

天之杖和冰花發出了澄徹的聲響，化為無數碎片。

褐膚少女露出了毫無防備的身形，卻無法動作。即便力量尚未完全覺醒，那擁有絕對破壞力的一擊遭到擋下，還是讓她大為動搖。

她在無法接受事實的狀態下，顯露出茫然的神色。

「……為什麼……」

「妳還不明白啊？」

他舉起左手的白之星劍。

「一百年前，就算有劍士起身反抗，妳也沒對上過『劍士與星靈使』的組合。」

涅比利斯曾是所有星靈使的希望。

若她現在依然還是星靈使的希望，或許就會帶來不一樣的結局吧。而愛麗絲也不會將冰花託付給伊思卡。

——星靈做出了裁決。

承接新時代的星靈使，並不是大魔女。

「再給我睡上一覺吧，涅比利斯。」

長劍揮落。

瞄準著少女外套底下的漆黑翅膀的根部。

「下次醒來的時候，這世界會變得更正經一點的。」

小小的悲鳴聲傳了過來。

隨著力量泉源——星靈遭到斬斷，褐膚少女失去了意識。

閉上眼睛的大魔女像是再次陷入沉睡般垂下脖頸，接著便像是被吸入空間裂縫似的消滅了。

Intermission　「在如此昏暗的薄暮時刻」

帝都詠梅倫根。

日落時分。

在都市開始被染上一片濃烈的橘紅色的時刻，在遠離地表的深處——存在於地下五千公尺的昏暗議事堂中，好幾人正發出吆喝和讚嘆聲。

『太棒了。』

『大魔女涅比利斯的星靈反應消失了。這代表他壓制住了吧。』

『要說可惜之處，就是沒能拍到戰鬥的影片吧。寄宿在大魔女涅比利斯體內的星靈，乃是這顆星球最深處所誕生的星靈。若能拍到影片，星靈方面的研究應該就會有飛躍性的進展吧……』

『非也，能阻止那個大魔女覺醒的意義非凡。』

『真不愧是「那個男人的後繼」。哎呀，真是符合期望的戰果啊。』

在沒有照明的房間之中。

八台螢幕架放在圓桌上頭，而從螢幕溢出的少量光芒照出了八名男女的剪影。每個人的身形看起來都有些朦朧，頂多僅能看出體型的差異。

他們是帝國的首腦機構「八大使徒」。

『大魔女再次陷入沉默。就眼下來說，冰禍魔女仍是稍微讓人掛心……』

『收拾魔女乃是黑鋼後繼的使命。別擔心，他會完成任務的。因為這也是他的願望。』

『這樣啊。』

『使徒聖第五席——璃灑・英・恩派亞的「實驗」也相當順利。在大魔女陷入沉眠的現在，「涅比利斯皇廳即將滅亡」。』

『那個男子——黑鋼劍奴克洛斯威爾將星球的祕密對我們祕而不宣。在明白他的繼任者一無所知的當下，確實是有撲空之感，但就先作罷吧。星之民預言的時期將至……很快就要到了。』

女子妖豔的話聲中帶著微微笑意。

那聲音既妖豔又充滿自信，還帶著聞者無不感到畏懼的冷徹。

『黑鋼後繼伊思卡，你的願望想必會達成吧。』

『沒錯，我等會賜予你一切。你若是盼望和平，我等便必將帶來永恆的和平。』

『——畢竟消滅所有的魔女與魔人。』

『就是這顆星球的心願啊。』

在這句話說完後……

人影同時從螢幕前消失了。

被寂靜籠罩的帝國議事堂，僅留下先前少許拍手聲的回音餘繞。

Epilogue 「於這片美麗的星空底下」

在黃沙滾滾的荒野之中。

附著於地表的冰塊已然融化，而被天之杖所挖出的龜裂景象依然觸目驚心。

而對於這些黑暗的龜裂——

被風捲起的黃沙少許地——以極慢的頻率撒入了大地的凹陷之中。彷彿以沙土填補大地的傷痕似的。

彷彿星球的意志一般。

「…………」

伊思卡側眼看著這片光景。

緩步登上了稍高的一座沙丘。

「……已經這麼晚了啊。」

混著沙子的夜風撫過脖子，讓他稍稍打了個寒顫。造訪中立都市時應當是正午時分，但回過神來，太陽已經沉入了地平線的另一端了。

Epilogue　「於這片美麗的星空底下」

他走在荒野上。

走著、走著、走著。

在沒有照明也沒有道路的無人大地上邁步。

「久等了。」

在少年登上的沙丘前方，有一名金髮的美麗少女正抱膝而坐。

她比自己(伊思卡)早了一步做好包紮。

然後就一直孤伶伶地坐在這裡等待。

「我想妳應該已經知道了，不過燐的燒傷好像沒有大礙。雖然暫時還會留有燒傷的痕跡，但隨著時間經過就會自然褪去。」

「嗯。」

「米司蜜絲隊長因為讓陣和音音等得太久，打算搭夜間的公路巴士趕回帝都呢。把始祖的事情講出來應該也沒問題吧？」

「沒問題。畢竟因為那個大魔女，我也讓中立都市添了不少麻煩，加上也不是能保密的事。這責任得算在皇廳頭上呢。」

涅比利斯的公主抱著膝蓋點了點頭。

「本小姐還有一件事要說。我想了很久，但大魔女應該還是會回到王宮的地下聖域吧。」

「在皇廳裡嗎？」

「是呀。雖然詳情不能告訴你，但我會負起責任管理聖域。我會請母親大人把入口鑰匙讓給我……不能再讓她隨意甦醒了。」

愛麗絲撣去沙子站了起來。

雖然與始祖的戰鬥讓全身上下充斥著劇痛，但她的站姿依舊十分高貴而美麗。

就像首次在尼烏路卡樹海初次相遇時那樣。

「如此一來，我們就把該說的事說了呢。」

「嗯。」

「……這樣啊。那就開始吧，開始只有我倆的最後一戰。」

沒有任何人打擾的時間和地點。

條件已經湊齊了。

黑鋼後繼伊思卡和冰禍魔女愛麗絲——分別出生在帝國和皇廳的敵對英雄在相識後，終於來到了不得不為一切做出了斷的時刻。

「我不會放水喔。」

「好啊。」

愛麗絲向前踏了一步。

伊思卡也像是在仿效她似的邁出步伐。

「…………」

「…………」

兩人無言地凝視彼此，一步又一步地向前。

原本五公尺的距離變成了三公尺。

原本三公尺的距離變成了一公尺。

回過神來，兩人才發現自己來到了能與彼此貼身相觸的距離。

「我有話想說。」

「我也是呢。」

聽到帝國劍士的發言，皇廳少女點了點頭。

然後——

「……休戰吧。今天……果然還是太累了……」

「……我不反對。」

伊思卡和愛麗絲同時「砰」地倒在荒野上頭。

「……就只有今天喔？」

「我知道。」

「從明天起，我們就又是敵對的身分了。」

「也是。」

「…………」

「…………」

兩人仰躺著，望向彼此頭上的星空。

「真美的天空呢。」

「嗯。」

少年少女並肩躺著，一動也不動。

若是在夜空飛翔的鳥兒俯瞰兩人的模樣，應該會認為他們是一對感情融洽的情侶或是姊弟吧。

「今天的『搖籃座』很漂亮呢。那只有這個季節能看到，你看過了嗎？」

「哪一個？」

「是那個喔。不是一眼就看得到了嗎？」

看到少年伸出手指，少女也以手指指向星空。

「帝都就算到了晚上，路燈的光害還是很嚴重，所以這樣燦爛的星空是很少見的。妳是指正上方那個和藍色星星相連的星座嗎？」

「不是那裡啦，是在旁邊……你又指太遠了。」

「……好難。」

「唉，你真是個大傻瓜。」

即使彼此都是敵人。

即使明天就得上演生死之戰。

——現在就算了吧。

笑聲遠遠傳開。

黑鋼後繼伊思卡和冰禍魔女愛麗絲，兩人一直仰望著同樣的星空。

這是——

魔女（妳）與我的戰鬥故事。

下次見面會是在遙遠的戰場？還是開創世界的聖戰？

這場故事拉開了序幕。

後記

男主角和女主角立場敵對，同時也是戰場勁敵的兩人故事——

從第一版的大綱到現在……好像已經過了整整兩年？

回想起來，這是傾注了相當多的時間創作的故事呢。

儘管如此，整整兩年的時間，也從動手執筆到決定插畫家（後述）和拚命奔走思考書名的這段期間逐漸縮短，距離後記的截稿時間只剩下三小時了。

這正是名副其實的最後階段。筆者現在正在拚命……

如此這般，在本篇故事之後，若各位還願意再陪我一下，我會很開心的。

初次見面，我是作者細音啓。

感謝各位購買本作《這是妳與我的最後戰場，或是開創世界的聖戰》。

雖說細音我原本就是在Fantasia文庫出道的作家，但已經很久沒在Fantasia文庫寫出新作品了。

迄今一直沒出新書一事也許會受到各位的責難，但還請大家高抬貴手……正如一開始所說的，我為了本作投注了全副心力。

（雖然出版社不同，但我也在這段期間於ＭＦ文庫Ｊ寫了《世界末日的世界錄》系列。）

即使如此，回頭想想，這兩年之間的空白還真是相當漫長。

雖然這個職業總是和原稿大眼瞪小眼，對時間的流逝沒什麼感覺，但由於周遭的朋友們歷經轉職或是搬遷，細音我也如前所述，在其他的出版社寫了幾部作品。

反過來說，我也得以在如此漫長的時間慢慢地凝聚構思。

本作基於編輯Ｋ大人的厚愛，讓我得以不用以出書步調為優先，而是以作品的完成度（水準）作為首要原則。

話雖如此，在撰寫後記的現在由於即將到了上市時間，在感受到喜悅之前，我倒是過起了太過緊張而失眠的日子……（大概光是出書日就足以讓細音我緊張得吐掉一半的靈魂了。）

言歸正傳。

各位覺得這次的作品如何呢？

明明是男主角和女主角，卻是有著英雄身分的敵對勁敵，還在戰場展開廝殺。

而故事則是由兩人偶然在鎮上相遇開始推動，讓雙方沒辦法維持單純的敵對關係——這便是內容的主軸。

男主角伊思卡和女主角魔女愛麗絲莉潔。

即使偶爾會激烈衝突，偶爾也會黏在一起。這樣的兩人將面臨什麼樣的命運呢？若各位願意期待，便是我的榮幸。

再來要提到為本作增色的插畫（也有插畫才是本體一說？）。

看著從角色設計、封面、彩頁到黑白插畫都一手包辦的猫鍋蒼老師逐漸完稿的過程，讓細音我也是相當期待。而老師也讓插畫成了本作不可或缺的一部分。

在此借用篇幅致謝——猫鍋蒼老師，謝謝您。

細音我尤其在看到愛麗絲的封面時大為震驚。您能描繪出熱情十足的力作為故事增添色彩，真是讓我感激無已。

接下來（不過第二集很快就要上市了）也請您多多指教。

難得有這個機會，就讓我向另一位致謝吧。

由本作開始擔任責編的K編輯大人。

要是沒有您的協助，筆者或許就無法完成這部作品了。您能第一時間過目原稿並給我最為恰當的指示，讓我由衷地感激。

後記

您不僅不辭辛勞地邀請到猫鍋蒼老師繪製插畫，還為了構思書名和我一起想到深夜……若是要一一列舉的話，想必會寫到超出篇幅吧，在此就僅提及少許……今後也請您多多關照。

接著，在此稍稍提及接下來的安排。

首先，與本書第一集同時出刊的雜誌Dragon Magazine七月號，刊載了《這是妳與我的最後戰場，或是開創世界的聖戰》的特輯和短篇集。

雖然與本篇一樣是描述伊思卡和愛麗絲的故事，不過寫的和第一集的內容不同，是以讓讀者瞭解故事為目的的新寫短篇。若是有購入Dragon Magazine的讀者，還請看看這次的特輯和短篇。

再來是第二集的消息。

由於原稿已經完稿，因此教人開心的是，筆者能在這裡就預告下一本的上市時間。

《這是妳與我的最後戰場，或是開創世界的聖戰2》

預計2017年7月20日上市（註：此為日本出版時間）。

能只與第一集相差一個月就上市實在教人開心。細音我也覺得應該要好好加油，正在卯足全力用力趕工呢。

順帶一提，在第一集於書店上架的時候，細音我大概正在與第二集的後記截稿日奮戰吧。

（我是不擅長寫後記派）

如此這般。

剩下的頁數也不多了。

在最後請容我再次向購買本書，以及陪我到這頁的各位敬上一禮。

劍士伊思卡和魔女愛麗絲的故事——

時而敵對、時而甜蜜相遇的兩人關係，從現在才要正式開始。

伊思卡和愛麗絲今後會面臨何種命運？

若各位能繼續支持兩人的故事，我會很開心的。

那個……

希望我們能在第二集再次相見。

於依舊寒冷的初春早晨　細音啓

※說不定能在細音的推特得知本作的最新消息。若各位有興趣——

https://twitter.com.sazanek

下集預告

「本小姐明明就想跟伊思卡兩人獨處的！」

「就算是愛麗絲，應該也不會造訪這種街區吧？」

經歷了與始祖涅比利斯的死鬥後，儘管伊思卡與愛麗絲立下了再戰的誓言，星之命運所帶來的卻非再會，而是錯身而過。

與此同時，兩個國度亦被捲入了反叛者的陰謀當中……

「既是星劍的擁有者，與未知的魔女交鋒自是毫無問題。」

「星球已盈滿憤怒。現任女王的做法實在過於溫吞。」

至高魔女與最強劍士所編織而成的篇章，第二幕。

錯身而過與陰謀造就的結果，是令人意想不到的終末——

這是妳與我的最後戰場，或是開創世界的聖戰 2

近期預定發售！

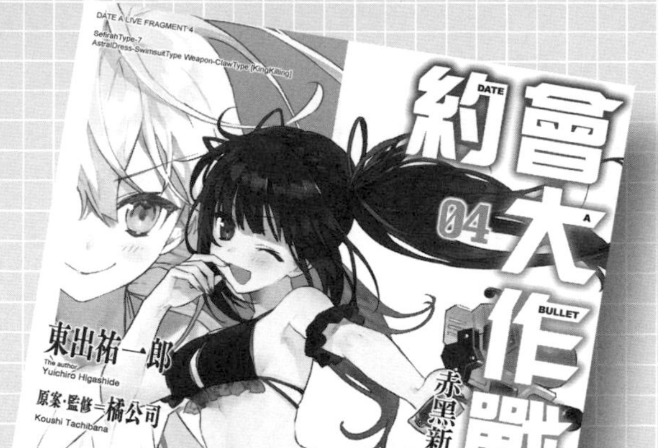

約會大作戰DATE A BULLET 赤黑新章 1~4 待續

作者：東出祐一郎　原案・監修：橘公司　插畫：NOCO

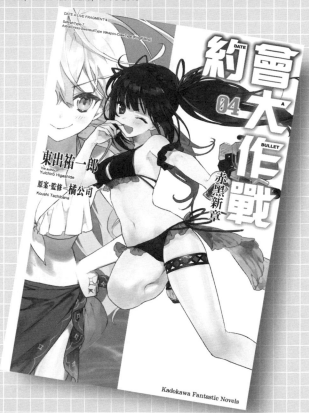

時崎狂三來到激戰區第八領域，
與分散的緋衣響成了敵對關係？

與第十領域並列為激戰區的第八領域，支配者方的絆王院華羽與叛亂軍的銃之崎烈美持續戰爭。狂三加入絆王院這一方試圖終結戰爭，然而緋衣響卻不知為何成了叛亂軍的長官。少女們的夏日回憶儘管如煙火絢爛，卻也伴隨著消逝的空虛與寂寥……

各 **NT$220~240/HK$68~75**

普通攻擊是全體二連擊，這樣的媽媽你喜歡嗎？1~4 待續

作者：井中だちま　插畫：飯田ぽち。

真人和真真子的母子約會篇&
母親陪伴冒險搞笑故事賭場篇！

華茲等人受金錢誘惑，想瞞著真真子去賭場一夕致富，而犧牲了真人（兒子）和真真子（媽媽）來場約會。然而華茲等人卻欠了一屁股債，在賭場打工當獎品？真人和真真子只好賺錢贖人。卻遭自由軍團四天王之一索蕾菈現身阻撓，華茲等人究竟會怎樣呢!?

各 **NT$220/HK$68~75**

刺客守則 1~6 待續

作者：天城ケイ　插畫：ニノモトニノ

前所未有的危機正逼近弗蘭德爾。
立於身分階級頂點之人齊聚一堂挑戰最艱難任務——

庫法與三大公爵家的當家和千金來到海邊。前方即為夜界，而眾公爵的目的地，其實是為阻擋來自夜界侵略所設置的「城堡」。奪回目前遭某人占據的城堡——在這項任務的背後，梅莉達與庫法還得向繆爾和塞爾裘質問關於「革新派」的事……

各 **NT$220~250/HK$68~82**

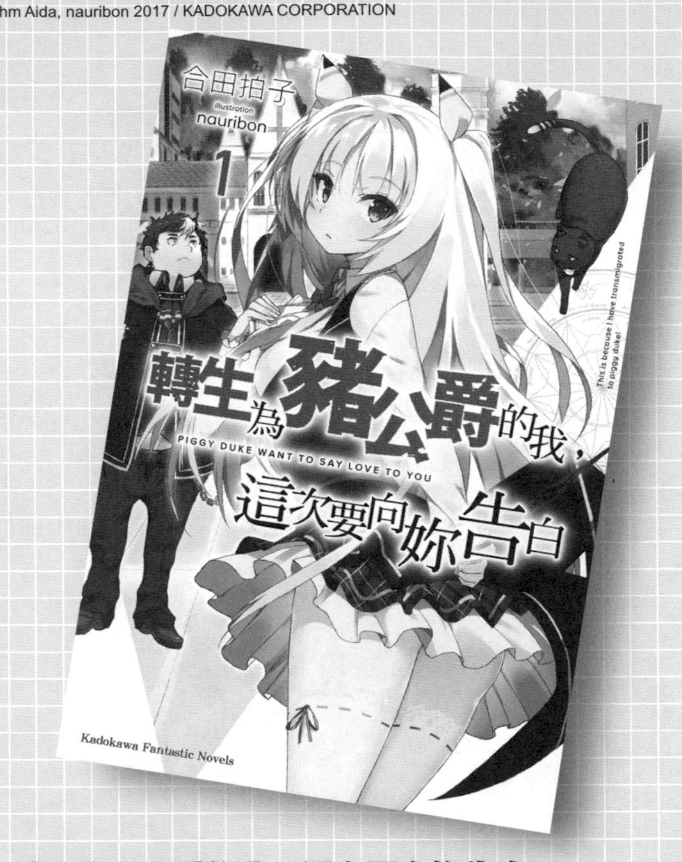

轉生為豬公爵的我，這次要向妳告白 1 待續

作者：合田拍子　插畫：nauribon

第一屆カクヨム網路小說大賽特別賞得獎作！
轉生到動畫世界的少年向壞結局的命運反抗！

意外轉生到動畫世界成為反派豬公爵的我，照劇情走就會直奔壞結局!?這可不行！我要運用熟知的動畫知識以及「全屬性的魔法師」這神扯的無雙能力，變成學園人氣角色，改變命運！然後，致我所愛的夏洛特——我要成為配得上妳的男人，向妳告白。

NT$220/HK$75

國家圖書館出版品預行編目資料

這是妳與我的最後戰場，或是開創世界的聖戰 / 細音啓作；蔚山譯．-- 初版．-- 臺北市：臺灣角川，2019.05-

冊；　公分

譯自：キミと僕の最後の戦場、あるいは世界が始まる聖戦

ISBN 978-957-564-931-9(第 1 冊：平裝)

861.57　　108003884

Kadokawa
Fantastic
Novels

這是妳與我的最後戰場，或是開創世界的聖戰 1

（原著名：キミと僕の最後の戦場、あるいは世界が始まる聖戦1）

2019年5月22日　初版第1刷發行
2024年5月27日　初版第4刷發行

作　者：細音啓
插　畫：猫鍋蒼
譯　者：蔚山

發 行 人：台灣角川股份有限公司
總 監：呂慧君
總 編 輯：蔡佩芬
主　編：林秀儒
編　輯：彭曉凡
設計指導：陳晞叡
美術設計：宋芳茹
印　務：李明修（主任）、張加恩（主任）、張凱棋、潘尚琪

發 行 所：台灣角川股份有限公司
地　址：104台北市中山區松江路223號3樓
電　話：（02）2515-3000
傳　真：（02）2515-0033
網　址：www.kadokawa.com.tw
劃撥帳戶：台灣角川股份有限公司
劃撥帳號：19487412
法律顧問：有澤法律事務所
製　版：尚騰印刷事業有限公司
ISBN：978-957-564-931-9